游泳的狮子，扑火的鱼

星座 01

星灵团·狮子头 著

那多 / 监制

浙江大学出版社
ZHEJIANG UNIVERSITY PRESS

I chose to

let

you go

目　录

扑火的鱼

写在前面的话

半夜时分，我接到了狮子座的电话。她是我的朋友，大婚将至。在接下来的故事里，我们姑且唤她为狮子座吧。

电话里的狮子座是一个感情格外细腻和敏感的女人，我想我的这种判断肯定会让平日里和狮子座有过接触的人深感怀疑。因为平日里，狮子座是以职场女强人的形象出现在众人面前的。

矛盾就是从这里开始产生，一方面职场中的狮子座强势逼人，另一方面狮子座内心深处还藏着一颗小女人的细腻心。假如当时，狮子座能够略微把内心深处小女人的一面展现出来，我真的不知道，今天这场爱情的结局是否依旧如此。

狮子座明显在惶恐，她在焦虑。

婚期将至的狮子座内心产生了摇摆。

随着大喜之日的不断逼近，这种摇摆的状态促使她几乎夜夜需要从我这里获得心灵上的慰藉。

可是，我只不过是一个星座分析师，我只能从星座的角度去分析她现在的情况是源于内心深处的哪一个方面。

"你并不擅长摇摆，你知道的，狮子座的人素来我行我素。"我在电话里告诉我的朋友，一个正在惶恐婚姻的狮子座。

假如你了解狮子座的过去，也许你就能够明白为什么别的待嫁女都在幸福地畅想礼堂钟声响起时那令人激动喜悦的一刹那，她却从心底生出了一种无奈的悲凉情愫。

我接触过很多人，他们告诉我很多关于爱情的故事。我是一个星座分析师，我可以看穿她们面对爱情背后的欣喜或沮丧。

在这些爱情故事尚没有走到结局的时候，我往往提前料到了结局。

你要相信，有时候星座的确能够左右一个人的性格，而性格又往往注定了主人公的命运。

无论如何，每一个过往的爱情故事都格外引人入胜，那么就从我身边最亲密的朋友开始讲起吧，这个真实的故事发生在25岁的狮子座身上，当年狮子座是一个在事业上卓有成绩的公司中层。

狮子座星盘

上升星座在摩羯座，太阳和月亮都落在了狮子座的第七宫，水星在巨蟹座第七宫，金星在处女座第八宫，火星在摩羯座第十二宫，木星在双鱼座第二宫，土星和天王星都落在了射手座第十一宫，海王星在摩羯座第十二宫。

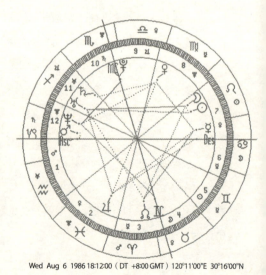

Wed Aug 6 1986 18:12:00（DT +8:00 GMT）120°11'00"E 30°16'00"N

"我……我……"狮子座站在自己偌大的办公室里，四周空无一人，空调开着换气的档位，她居然还感到胸闷气短。假如这会儿，狮子座能够好好照照镜子，看看自己的脸，她一定不会相信，镜子里那张涨得通红的苹果脸是她自己的。

她不会愿意相信自己会在这个问题上怯场。

然而事实上，她毫无经验，的确有怯场的迹象。

这会儿，狮子座正伫立着，眼睛紧紧盯着手上的一张卡片。卡片被划得一塌糊涂，很多字写了又划，划了又写，原本复杂的开场白最后变成了一句简短的话："我有点喜欢你。"

她口里小声念着，总觉得味道不对，喜欢怎么是有点呢？

狮子座觉得这个副词用得不够精确。她每天都盼着见到他，想和他说话，和他看电影，和他在湖边散步，一切情侣出没的地方她都想和他一起去。

所以她对他应该不止有点喜欢。

狮子座摇摇头，拿着笔又在卡片上改了一下。

"我喜欢你！"

不行，狮子座觉得这四个字仍然无法表达她内心的感情，起码不足以表达。她再次拿起笔，在上面重重地涂改着，自言自语道："应该是很喜欢才对！"

"我，我喜欢你很久了。"狮子座终于照着卡片把上面的话完整地说完了。

空气瞬间凝固，室内的气压变得更低了，她不敢大声喘气，生怕打扰了什么。隔着自己办公室的落地玻璃，狮子座看到他忽然转过头来，向她的办公室望来。

她的头皮一阵发麻，逃似的窜到自己的座位上。惊魂未定地拍着胸，感觉自己慌乱跳动的心就要到嗓子眼了。

其实狮子座大可不必如此惊慌，狮子座的办公室是独立的，玻璃窗上贴着窗纸，那种可以望出去却不会被外面的人望进来的特种窗纸。

所以这会儿狮子座在办公室里的这场演练没有人知道。

这当然也包括突然转头的他。

他不会知道，一年前，当狮子座和他表白的时候，曾经在这个办公室里有过这么一个既滑稽好笑又让人心生怜惜的场景。

所有人都把她当做工作狂，一板一眼严肃的上司，却忘记了这个深藏在办公室里的女上司其实也不过才 24 岁，当然还有未能褪去的小女人情怀的一面。

"咚咚咚……"

敲门声让还在慌乱的狮子座略微清醒了些。她起身，摸了摸微微有些发烫的脸，然后拿出自己的化妆镜一瞧："唉，真丢人，居然还脸红了。"

狮子座心想幸好照了下镜子，居然这么丢人。她赶紧坐回去，朝着门口大喊一声："等一下！"

那声音极为严肃，和狮子座平日里的态度并无区别。

狮子座听见自己的声音在房间里穿过气流，瞬间冷却了屋子里异样的闷热气温，门外的人听到了声音并不作声。

气氛一下子拉回到了狮子座最熟悉的感觉：冷静、严肃、理智。

24 岁的狮子座，已经习惯于用一副职场中高高在上的脸孔出没在这家名叫马丁传播的广告公司里。

马丁传播是杭州小有名气的广告公司。狮子座家境殷实，父亲是当地知名报社的副总编辑。22 岁大学毕业以后，狮子座就在这家公司里任职助理企划主管。年纪轻轻的一个女孩子没有任何经验就能任职助理企划主管的职位，按照世俗的逻辑，这里面断然是有些不能细说的原委。

当然了，像广告公司这样的地方，其实并不太适合初出茅庐的大学生。狮子座刚到公司的那天，就被同级的女同事 MAY 摆了一道。

MAY 不再年轻漂亮，她花了很长一段时间好不容易才做到了助理的位置，眼下一个刚毕业的小女孩轻易便打破了她内心的平衡。

MAY 把所有来自职场的不爽情绪悉数转嫁到了与狮子座的斗争中。当然了，这种职场斗争总是悄无声息地暗自进行。

可是一开始，狮子座新手上路，并不明白职场的生存法则，这看似平静的水，其实里面大有玄机。

狮子座带着助理企划主管的光环进入马丁传播，一下子就被公司上下传成是老板马丁的小情人，就连保洁阿姨都带着异样眼光看她。

众人的逻辑是这样的：一个年轻的女大学生刚工作就是开着车来上的班，报到第一天，公司还没熟悉呢，就挂上了助理企划主管的标签。这两样东西摆在一起，任谁都不觉得正常。

狮子座显然不是马丁的小情人。

但如果不是因为那样，那怎么又会是这样？

这种奇怪的职场逻辑已经根深蒂固地存在于几乎所有人的意识里。于是，狮子座的公开否定在别人的解读中又变成了另一种肯定，招来了更多人的怀疑。

然后有一天，大家在 OE（Outlook Express）系统里收到了小纸条，原来狮子座是某报副总的女儿啊。这个圈子就这么点大，狮子座父亲的名声在外，谁会不给他一个面子，更何况马丁和某报又交情匪浅。

再然后，狮子座就开始了漫长的被孤立期。狮子座在学校里的时候是有着长久地被孤立的经验的。但是没想到踏入职场后，这经验就成了小儿科。

"她家有背景，她父亲是副总编。"每天她头顶着异样的光圈进出公司，走哪里都会被人在表里阿谀奉承，在暗里讽刺毫无本领全凭家境。在这个讲究凭实力上位又嫉妒心颇重的地方，她用狮子座独有的超强适应力迅速为自己装上了另一副脸孔。

冷静、严肃、高高在上。大抵只有这样才能从气势上让人先镇住，然后再谈其他的吧。当然也有一些例外，他。

他第一天面试，她坐在中间的位置，明眼人都知道这位置留给说话算数的主。但是他一副全然不知的样子。

他没有谄媚，极为冷静地回答所有的问题。五分钟里他只朝狮子座看了一眼。

"很好。"

她当下决定录用这个人，但是绝对不是冲动。他是老同学黄笠推荐的，黄笠素来在圈子里有金牌推荐的名号，所以证明了他本身能力就不错。

事实证明狮子座并没有看错人，在后来的工作中，他是唯一并不异样看待自己的人。他们保持着非常正常的职场上下级关系。可这种关系的天平到底什么时候开始倾斜的？

狮子座自己都不知道。

狮子座的火星在摩羯座，注定她的情感模式将格外炽热。比如刚才，她决定在卡片上写满台词。她的目的简单明了，就是想告诉他，作为上司的狮子座喜欢上了作为下属的他，她设计了各种环节，唯独缺少了一个环节：用户体验。

狮子座从来没想过，他的感觉。

按照先前狮子座心里打好的小算盘，她让他在开会前拿一些资料到她的办公室，然后关上门，她就把这张写满台词的卡片递给他。

这个过程中，她需要一些面部表情的配合，比如她应该尝试娇羞一下，像那些情窦初开的小姑娘一样除却身上所有的架子，低眉顺眼，请他亲自打开。

然后……

他可能会错愕，最后抬头看到羞涩的脸，会不会怦然心动？

或者作为当事人之一，他也许本来就已经感觉到了这些日子里她的示好？他会不会也和自己一样，早早就准备好了一张卡片，作为答复递给自己呢？

……

这个并没有太多感情经历的狮子座憧憬着告白时的那一幕。她反复演绎整个过程，确保每一个动作、每一个细节都能到位，都能恰如其分地精准表达出自己的感情。

狮子座不知道，这种角色本该由对方来扮演。她只顾着自己内心喜欢的情绪，忘了对方是双鱼座。

狮子座忘记了，在感情世界里，女性示弱往往更容易得到青睐，她只记得一句古话"女追男隔层纱"。

但她恰恰不应该把这纱罩在双鱼座身上，然后不管不顾对方的想法，径自捅破。

"咚咚咚……"

门外又响起了一阵敲门声。

狮子座拿出粉扑，匆匆地补了妆面，她清了清嗓，摆出一副严肃的架子说道："请进。"

"林主管，你刚让我找的资料，我准备好了。你看下。"双鱼座推开门走了进来，把一叠资料放在了狮子座的办公桌上。

又一阵头皮发麻，心跳加速间，那些台词、那些表情、那些羞涩的小女孩应该有的动作全然被狮子座抛在了脑后。她会的只剩下呆滞地抬起头然后用无比颤抖的声音问对方："有事儿？"

在这一刻，面对眼前的双鱼座，狮子座基本上已经忘记自己该做什么。

这下双鱼座果然错愕了，他说："你刚找我，让我十分钟后准备好资料，等下开会你要用。"

是的是的。

在计划中，她借口让双鱼座搜集资料，就是准备趁大家都去会议室的空子，她可以在自己的单人办公室里向他表白。

可是……

可是为什么双鱼座面无表情地抱着一叠资料就进来了？

为什么到现在了，自己脸上的绯红还没有褪去？

她真懵了，这些突发的小状况都不在她的计划里，她无措到绯红的脸上还需要假装镇定。

"那我回自己位置上去了？"这话并不是询问，而是告知。

面前的这个男人好似真的没把她看成是他的上司，他从来都是用肯定的口气向狮子座表达疑问的句式。

这怎么可以呢？

"你要是走了，我怎么办？"狮子座心里焦急地喊着，眼睁睁看着他走向门口。

双鱼座走回去的那个动作在狮子座的眼里成了可以被切割成帧的静态画面，一帧一帧地动着，仿佛在等待狮子座的下一步举动。

有些挑衅是不是？他不会已经知道了所以故意来这一手吧？狮子座心里这么想着。

"等下。"狮子座还是习惯用这样冷静的口气说话，"我有话告诉你。"

双鱼座的手依旧放在门把手上。门开了一半，他的身体也几乎已经一半离开了狮子座的办公室。他转头对狮子座说："你说。"

双鱼座没有用"请"，当然也没有马上就转身进来，只是单纯的转头已经激怒了狮子座。

"他怎么可以用这种态度和我说话呢，我现在是在向他表白啊！"狮子座的内心几乎咆哮了。

可是，到头来她心里说了那么多台词，嘴上却是一个字儿也没有说。在之前独自演练中的那句"我喜欢你"，狮子座也没有当着双鱼座的面说。

这些日子，我们相处得很好。我对你很有好感。假如当时狮子座的开场白是这样，会不会就不一样了呢？

狮子座不敢抬头，佯装镇静的她一边低头整理着文件，一边用着一种极为公式化的口气说道："做我男朋友。我觉得你挺合适的。"

这口气就好像某一天大家在一起开会讨论一个策划案，众人七嘴八舌一阵子后，高高在上的狮子座开口了，她说："就它吧。我觉得挺合适。"

这是分外轻松却不容争辩的口气。

这就是狮子座平时最常用的句式。她习惯以第一人称作为一切讨论的开场白。

狮子座演练数次，最终还是选择了一个最糟糕的开场白。她说完之后，亦不觉得不妥，只是有一种如释重负的感觉。

狮子座抬起头，那一瞬间，她有了一丝不太好的预感，她的眼眸里正映着双鱼座那一张紧闭的双唇，气流仿佛就要从这里爆破而出。

他还来不及发声，她就抄起文件，走到了门口。"要开会了，会后我们再聊。"

她看到双鱼座点了点头，原本有些失落的心情又重新明媚起来。

这注定是一个无聊透顶的会议。

缺少了狮子座在会上的全情参与，这场会议成了 MAY 一个人的舞台，这让很多人都打不起精神。平时，大家都习惯了 MAY 和狮子座的针锋相对，权当看戏，一场会议下来总会迸出几个爆点，供茶余饭后嬉闹半天。

可是今天，作为主角之一的狮子座明显心不在焉。

狮子座从来没有像今天这样不务正业过，她所有的视线全部都

游泳的狮子，

8

投射到了双鱼座身上，他的蹙眉、他的低头，他那平静到仿佛什么也没发生过的脸让狮子座一片茫然。

这是狮子座第一次向一个男人表白。

有事业、有家境，也有不错外表的狮子座从来没想过双鱼座会拒绝，她的确自我感觉良好，但从表象来看，这种自我感觉是有理可依、有迹可循的。

只是，这种讨论放在爱情问题上，逻辑就不一定能成立。在爱情里，第一没有所谓的输赢，第二没有所谓的对错。

只能说，迄今为止，狮子座用了一种并不适用于双鱼座的表白方式。这一点起先狮子座并不知晓，而后才慢慢发现，很多在自己看来想当然的事情往往到了双鱼座这里就变得并非如此了。

但这已经是后话了。

现在，会议马上就要结束，意味着一天的工作也将告一段落。那些归心似箭的人都不动声色地往后挪动了一下椅子，只等着总经理马丁的嘴巴里说出"散会"两个字。今天是周末，谁都不想忽然被 MAY 或者狮子座这两个工作狂拖出去开个小会。

马丁显然对今天的开会气氛不甚满意。他最喜欢看着两位助理针锋相对，这让他感觉自己的公司充满着战斗力。他最爱用"我们头脑风暴一下"这样的话来暗示两位助理企划主管互相挑刺儿，然后他打个圆场显示自己的权威。

可今天太不一样了，林副总编的爱女怎么一直闷着不说话呢？马丁今年 40 岁，随着年纪的增长创意显然丢失了不少，但是人情世故是门门清。现在怎么办？没人说话，那就宣布散会啊？

"啊，不错。MAY 讲得都很精彩，我们那么多人还是需要常常地头脑风暴一下，才能有好的创意嘛。是不是啊，小林？"

"啊？"明显恍神的狮子座一惊，匆忙收回关注着双鱼座的视线，环顾着一帮正万分诧异的同事，还有那个劲敌 MAY，她轻轻咳了一下，"我也觉得不错。"

大家更诧异了，包括双鱼座。他也好奇地朝狮子座看，狮子座瞧见了，因此内心欢喜着。听到经理散会的指令，她迅速地站了起来，想要挤过人群拉住双鱼座。

只是这一切还不能太张扬。对的，办公室恋情最好低调一点。于是狮子座放慢了脚步，跟着前面的几个人往门口散去，她的视线在双鱼座的身上未曾离开一刻。

只消一分钟，她本来散发着喜悦的眼神就变得灰暗无光。这一分钟里，她眼睁睁看着他走向门口，没有转身亦没有迟疑。他的脚步似乎还有些急切，待狮子座走出会议室的时候，已经找不到他的身影了。

双鱼座溜了。

在狮子座开会前的表白之后，双鱼座居然溜了。

狮子座预设的结局里并没有这样的情况，她只是想着也许双鱼座会迟疑、会惊讶，他们两个人可能会出现喜极而拥的情况，只是没想到，在自己那么明显的表白之后，这个人居然选择无视并且溜之大吉。

自己的表白在双鱼座心里俨然成了一个恐怖的地雷。

狮子座看着同事们三三两两有说有笑地结伴离开，这个周末，她注定又是孤独一人。

狮子座失落地走进自己的办公室，她不知道双鱼座到底是为什么开溜，明明自己刚才告诉他，会后再聊。

"我都有告诉他我的心意，怎么他一点反应都没有？"狮子座开始了抱怨，她认为，就算自己毫无吸引力，出于礼貌双鱼座也应该有几句委婉的托词，更何况自己并非毫无吸引力。

如果不是在此之前他们互动良好，狮子座断然不会有今天这样的举动。狮子座素来难追，又是外貌党，双鱼座的外形只能算中上，干净不惹人厌，但绝对不是那种可以让人一见钟情、顿时化身花痴的奶油小生。

也许我应该给他打一个电话。狮子座顺势就拨了双鱼座的手机，电话那一头传来中国移动客服甜美的声音："对不起，您所拨打的电话已关机。"

他居然关机？躲我？还是出了什么事儿？狮子座的脑子里飞快地想着各种可能发生的情况：堵车？没电？或者故意不接？

不接电话并不是双鱼座的一贯作风。事实上，当狮子座给双鱼座电话的那会儿，双鱼座的手机正处在切换电板的过程中。待他看到狮子座的未接来电后，他的心也有些跳动异常。这的确是一个棘手的电话，没接到似乎更令自己舒心，不然如果真的把电话接起来，双鱼座不确定自己会说些什么。

他一向面对别人的表白就会懵，更何况现在这个人是自己的女上司，那个总是横眉冷对所有人的女上司居然告诉他，要自己做她的男友。

双鱼座不知道，这个脑子里总有很多新鲜点子的女上司是在干吗。的确他们这些日子因为一个广播剧互动友好，可是这就足以让她对他产生爱情了吗？

又或许，这只是狮子座的一时兴起。

也许过不了多久，狮子座就会忘记。那么他只需要假装一切都没有发生过，保持一些距离，让这个没有第三个人知道的插曲埋没在彼此的心里就好了。毕竟现在对自己来说，赚钱比一切都重要，公司的待遇不错，前途也颇为乐观，等到国庆回家的时候，自己也应该攒了一笔不小的存款了。

双鱼座在公司还算个新人，他并不想惹太多的是非，聚齐太多注视的目光，所有的私人问题在这个阶段都可以先搁一搁。

可是对于狮子座来说，现在是时候考虑私人问题了。事业已经打开了局面，没有人再质疑她的能力，就算自己曾经凭借父亲的关系，如今也已经用无数个案子来证明自己确有实力。

但这种证明同时也需要耗去她过多的私人时间。狮子座在空无一人的办公室里对着镜子发呆，镜子里的她毫无生气，那张用太多脂粉掩盖着的脸，笑起来都无比僵硬。可是记忆里，自己也有笑靥如花的时候，她记得很多同学都曾经说她的笑容好看，她笑的时候，嘴角会露出一个梨涡，给笑容平添一份俏皮的感觉。

室友还曾经拿着她当模特练习摄影技术，那张灿烂无比的笑容还被拿去做了毕业展。

这一切在短短的两年里就被打磨得一丝不剩，她还想过要把这些美好的东西悉数展示给他看的。让他看到，卸下防备和伪装之后，最为真实的那个自己。

她拿出卸妆巾，用力地使劲地擦着，眼泪生生被挤了出来。狮子座不甘心，掏出手机反复地拨着双鱼座的号码。这一次通了，"嘟"声回荡在空荡的办公室里，最后终于消失，然后响起一串英文：无人接听。

这一下，她终于止不住放声大哭起来。在这个周末的傍晚，她哭得那么无措，本就单薄的身体蜷缩在一起。她就这么颤抖着蹲靠在桌脚，时间仿佛又回到了那天。

那天的狮子座也是这样蹲靠在桌脚，像个无助的小孩蒙着头悄悄落泪。那会儿还是白天，她不敢放声大哭，只能哽咽着小幅度地啜泣。只是那一次，导火索是工作上巨大的压力。

他轻轻地敲了下门，无人应答，手一推门竟然开了。不知道为什么，双鱼座一眼就瞧见了那个蹲在办公室桌脚边的身影。他知道，那个蹲着的人肯定在哭。但是他不知道自己该怎么办，只能暗自恨自己来得不是时候。

要不还是走吧，双鱼座悄悄地准备把手中的表格放在办公桌上，不料，蹲坐着的狮子座已经看到了一双白色帆布鞋，她匆忙擦拭泪痕，佯装无事地站了起来。

"有什么事儿吗？"狮子座抬起头，看着这张颇有些熟悉但又确实很陌生的脸，"你是？"

"您好，林主管，我是新来的市场专员。这是我的入职表，入职手续需要您的签字。"双鱼座一副"我什么也没看见"的表情，将入职表递向狮子座。

狮子座从容地接过表格，略微瞥了眼就放在了一边，然后切换成非常严肃的语气正色道："我会和人事部交接的，并且通知他们给你做一个详细的培训，尤其是职场礼仪。"

双鱼座心想，来得真不是时候。

挥手示意对方离开后，狮子座坐到座位上，焦急地掏出镜子端看自己的脸，天啊，真是有够糗的，偏偏还在这个新人面前。她已经想起这个人是谁了。这个新入职的男人说起来还是自己的校友，比自己大了三届，是狮子座大学同学热心推荐的。

当时，MAY把团队里所有的老员工都收拢了，留给狮子座两个实习生和一个并没有任何经验的应届毕业生。而狮子座在内部竞争中拿下了一个新的广告案，正苦于无人辅助。她把所有即时聊天工具的签名都改成了一句话：招有思想的广告人。

狮子座才挂了签名，便接到了综合管理部黄笠的电话，在整个公司里，黄笠算是和狮子座走得比较近的同级主管了。"我这里有一个非常不错的人选。性别男，我的死党老乡，有经验，参与过 ××× 的病毒营销。"

举贤不避亲倒一向是马丁传播的宗旨。

"关键是，这个人才情大大的。"

听到此，狮子座笑了："那就见见吧。"

"电话给我，或者简历给我。我想先了解一下，再由人事部门通知他正规面试。那就不只我说了。"

那份简历平淡无奇，但透过简洁明了的自述，狮子座还是看到了一个核心词：经验。这正是目前狮子座团队所缺少的，她自信自己的创意都在脑子里，新加入的必须是能跟得上自己思维步调的人。

她顺势拨了简历上的号码，所谓的电话面试就这么突如其来地开始了。

"您好。"话筒里的男音很干净，带着一丝磁性，并不低沉的声音透过电磁波传导到了狮子座的耳里，十分悦耳。

这干净的声音博得了狮子座的第一好感，狮子座告诉电话里的那个校友，这是一个来自马丁传播企划部门的面试电话。如果合适的话，她就是他的直线上属。然后狮子座开始了解有关他过往的工作经验。

他对答如流。遇到一些商业机密，他很有职业道德地选择了回避。这些都让狮子座很欣赏。于是安排了正式的面试。

本来，狮子座以为这个人会多少对狮子座有些感激，起码在面试之前，她特地走到他面前，大方地伸出手说："你好。"

他已经听出来这就是电话里他未来上司的声音。她比想象的要年轻，一头短发让她的背影显得格外俏丽，只是面部表情似乎太像雕塑，没有年轻女孩应该有的生机。

当然，既然是管理者，总归有些姿态的。他笑笑，并没有太多热络地缠上她，这倒让狮子座有些惊诧。她大概已经习惯被人簇拥，所以面前这个人的无所谓的态度倒是激起了她的好奇心。

只是没想到，这个人这么快就来报到了，而且还撞见了自己最失态的一面。这让她有些尴尬，不知道之后应该如何开展工作。

透过办公室前的玻璃，狮子座看着人事部门带着双鱼座熟悉办公场地，然后看着双鱼座被带到同事们的面前。他腼腆地站在中间，微微一笑，既不显得热情也并不是冷冰冰地自视清高。最后人事助理的手朝着狮子座办公室的方向指来，他顺势看过来，眼神隔着那个特殊质地的玻璃窗纸其实并没有真实地交汇。但是狮子座还是有些不好意思地扭过了脸，余光扫过双鱼座，他早已收回了视线，安静地坐在自己的位置上。

大概是从这时候开始，狮子座就对这个新员工格外关注。加之双鱼座是当时狮子座唯一能够帮得上忙的兵，双鱼座与狮子座在工作上磨合的机会要比别人多得多。

很快地，双鱼座就已经看穿了狮子座的做事风格：快、狠，但不一定准。就拿周末加班来说，每个周五其实员工早就身在曹营心在汉了，可是狮子座依旧希望自己的团队能够加班，把案子做完。

怨声往往就从加班这些小事开始。周三加班、周四例会、周五又加班、周六还会有紧急电话，时间长了，谁都受不了，抵触心理往往会蔓延开来，但是狮子座还是非常强势地驳回了员工的任何一个借口。

逃跑先从两个实习生开始。周四早晨的部门例会，原本可以容纳八个人的小会议室显得异常空旷，狮子座独自坐在屏幕前的位置上，跨过一个椭圆形的会议桌，角落里坐着双鱼座。这是元旦放假后的第一个工作日，马丁传播企划一部的士气却蔫蔫的，节日并没有让这个部门的员工有过一丝喘气的机会，三天的假期他们带着抱怨和倦意在加班中浑浑噩噩地度过。方案仍旧没有让客户满意。这很糟糕。

狮子座佯装镇定地看着手表，心里却已经积攒了一肚子的火气。门被轻轻地推开，员工小陈探出一个脑袋，在看到狮子座朝着她露出公式化的笑容后，她直起了身，条件反射似的浑身开始紧张。

"对不起，林主管，我迟到了。"这个刚出校园的毕业生大概是被说怕了，她在校的时候也算是个好好学生吧，实习的单位也有过好几家，可来到狮子座的部门正式工作以后一切就完全逆转了。

她从聪明能干的女大学生迅速变成做事拖沓没有新意缺乏主观能动性的落后分子。这是上个月狮子座给她的月报里的评价，句句见血，批得体无完肤。此刻她从狮子座的笑容里觉察出暴风雨来袭的前兆。

"进来吧，迟到的理由我不想听，因为你已经浪费了我们很多时间。"狮子座往小陈的身后看去，出乎意料地没有见到两位实习生，"我不是让你通知他们今天来开会的吗？"

"我有通知。"看着空旷的会议室，小陈感到了一丝无助，在这个空间里有一个刚进来的新人和一个怒气渐起的上司。她好像找不到任何可以求助或者能够转嫁注意力的目标。

"但事实是，他们没有来。"狮子座掏出手机，狠狠地推到小陈

游泳的狮子，

的面前，"电话！"

"对不起，您所拨打的电话暂时无人接听。"

"好，关于实习生的问题会后你一并解决，现在我们从昨天的案子开始演绎。"狮子座的话还没有说完，小陈的电话响了。狮子座皱眉，挥手示意小陈出去接电话。会议室重新回到两个人的状态。

目光总有交接的时候，狮子座感到一丝尴尬。自从他看到了自己示弱的那一幕之后，她总是有些不敢和双鱼座的目光对视，好像担心对方的眼神里会流露出一丝同情，她不需要。

"林主管，他们最近学业很紧张，已经不能继续来我们部门实习了。"狮子座有一些惊讶，不过好在临阵脱逃的是实习生，本来她也没有奢望实习生能够挑起多少担子。她示意小陈进来，却没料到迎接自己的是一张写着转岗申请的报告。

"我觉得自己不适合一部的节奏，无论是能力上还是体力上我都认为自己不够合格，我希望能够转岗到二部，先从最基础的组织文案语言开始做起，希望林主管能够……"

"啪……"

就好像是有人给了她一个扎实的巴掌，疼到无迹可寻。

狮子座头一次感到事情变得棘手，眼看着还有一个月的时间，情人节就要来了。

这个自己据理力争的案子得正式从文字转化为一场浩大的相亲活动，现在方案尚未通过，人员尽失。前半场她输得很彻底，MAY此时应该在兴奋地等待自己提出转手方案，邀请二部加入了吧。

从一开始，MAY就摆出了一副把机会留给年轻人的高姿态，并没有过多争取这个项目，原来不过是为了看她的笑话。

现在好了，就连实习生都看尽了她的笑话。狮子座回过神，准备接过小陈的转岗报告，却没想到，双鱼座正微笑地走向小陈。

"其实现在这个案子非常需要你，如果你想从最基础开始，现在就是一个很好的机会。方案今天会出来一个最终的构思框架，里面的内容就需要借用你的中文系背景进行润色……"

她知道他是好意，但是眼下她才是上司，这些话轮不到他一个进来没多久的新人来说。"我同意你转岗，就像我在月报里说的，你的悟性不高，的确不适合在一部工作。我们这里需要的是可以单打独斗、以一抵三的精兵，你不是。"狮子座在报告上重重地签下了自己的名字，反正这也不是第一次流失部下了，她并不觉得可惜，挽留军心摇摆的员工，在狮子座看来是一件很愚蠢的事。

会议未开就宣布散席。狮子座迅速转身，第一个离开了会议室，没有片刻停留。

双鱼座摊摊手，看着黯然落泪的小陈，低声安慰道："其实你刚毕业能够坚持下来已经很不错了。"

"我……我觉得林主管太不近人情了，我真的很努力了。"小陈啜泣着收起了报告，从一堆文件中抽出一叠方案，"这是我昨天通宵写的策划，从进入这个情人节万人相亲策划案之后，我就开始想了，只是每一次都被批成没有新意不够努力，我真的不知道她到底需要什么样的下属。也许她只适合单打独斗。二部的主管说如果你愿意过去，他们非常欢迎，一定会给你更适合的职位。"

双鱼座笑了笑说："谢谢你啦，我对这个案子很有兴趣，先做了再说吧。"

他走出了会议室，望向狮子座的办公室。他不知道这会儿，自己的上司，高傲的狮子座是不是又会躲在桌脚啜泣，又或者她根本没有时间去释放这些情绪。

下午6点，小陈调整好了工位，办好了所有的交接手续。文件压在双鱼座的位置上，他算是真正体会到了马丁传播的效率。那么这就意味着他也必须在今天之前将好自己的思路。

空荡的大敞间里，他低着头翻看着资料。

这一切狮子座都知道，她心里还是有一些感激的，他出于好心充当中间人，他扛过压力留了下来。不管出发点是什么，他们总归从一开始就站在了一个战壕里。也许应该请他吃个饭，或者喝杯咖啡？

她这么想，便真的这么做了，从一堆外卖单子里，她反反复复地挑选着，翻了半个小时，竟然发现自己什么都没有点，太没效率了。

可是她真的不知道这个双鱼座男人喜欢吃什么呀，是咖喱鸡盖饭还是海鲜芝士意面？又或者男生其实不喜欢吃这种黏糊糊的东西，要么叫点川菜刺激下味蕾也许能激发大家的灵感？

想着想着她又不知不觉往大敞间的方向望去，只有零星灯光闪烁，却没有任何人影。

走了啊？吃饭去了？

眼前的一堆外卖单子被狮子座轻轻一扫，归到了抽屉里。

"咚咚……"有人敲门，她忽然莫名地紧张了起来。"请进。"

"是我，叫了点吃的，你要一起吗？"双鱼座提着袋子进来，香气立刻弥漫了狮子座的办公室，大概是鱼香肉丝的味道吧，酸酸甜甜的，她猜着袋里的食物，嘴上却很生硬地说："谢谢，我不饿。"

咕噜噜，肚子明显比她的嘴巴要真实许多。

一阵尴尬，她警惕地看着他，如果他此刻要笑出声来或者眼神里流出一丝笑意的话，那么她一定会劈头盖脸把这几日的不痛快全

扑火的鱼

19

部往他身上扣。可是双鱼座好似没有听到这声音，只是很淡然地站着："楼下新店开张，25 元起送，我才点了鱼香肉丝饭和番茄牛腩面，还有两杯布丁奶茶，你尝尝看味道，以后加班可以试着叫他们家的东西……"

"新店啊！"她心里很明白楼下的店开张一个月了，上周她才叫过东西，"那好吧，我试试看味道，我吃鱼香肉丝饭好了。"

饭很香，比上周她吃的那碗鱼香肉丝要可口好多，大概自己是真的饿了吧，她心里这么解释，几乎就要忘了白日里的烦恼。走出办公室的时候，看见双鱼座还在整理资料，那碗面都快涨了，心里不由佩服道：原来这个人比自己还要工作狂啊。

"那个，你先吃面吧。这些东西明天再弄吧，晚一天也没关系。"她好像第一次那么体恤员工，居然还允许员工拖一天，以往她总是冷冰冰地说："明天白天我要见到这份报告，多晚也希望你能努力做出来。"

"就快好了。"他只顾着自己低头看文件，并没有抬头和她对视，"好了，你看下，这是小陈今天留给我的策划案，上面有一些创意我觉得挺好的，很符合眼下单身女性的一些行为习惯。"

双鱼座离开座位往打印机的方向走去："你等下，我给你打印出来。"他浑然不知此刻的自己已经触到了狮子座的敏感神经。

他兴奋地拿着报告："你看，我根据这些点子做了很多备注，比如通过 SNS（Social Networking Services，社会性网络服务）以社区的方式进行传播这一点，从可行性和效果上看应该都会不错。现在……"

狮子座冷冷一笑："方案我删了，我觉得我们不需要别人的方案，我们需要的是自己的东西。小陈的案子我不会看，她已经不属

游泳的狮子，

20

于我们部门了。你明白吗？"

"但是这是她亲自交给我的，也是她在我们部门努力那么久想要呈现给你的案子，你把它删了？"双鱼座觉得面前的狮子座傲慢到不行，从下午 6 点开始他独自坐在位置上对小陈的方案进行了大量的修改和补充，这四个多小时换来狮子座一句轻描淡写的"不要"。

"你凭什么删了它？"他也按捺不住脾气，"你知道这中间有她多久的心血，你知道我刚才坐在这里一直在处理这些东西吗？就算你看不上眼，你也没有权力从我的办公电脑里删除它！"

"你觉得这个案子有价值吗？你觉得抄袭和挪用别人的点子很值得炫耀吗？"狮子座抬着头冷冰冰地看着错愕的双鱼座，"我最无法忍受的就是挪用别人的点子为自己所用，我不觉得这是合格策划人应该有的素质，我不管你以前采取这样的方式做过多少看似成功的活动，我希望今后你不要用。我不需要一个只会挪用别人思想的员工。"

有些人说话带刺，只是措辞上的，这种刺痛并没有什么。最痛的是那些直中伤疤，看似没有什么过分的措辞，却往往能够让人周身泛起冷意。

双鱼座没有说话，将自己的方案和小陈的方案轻轻地放在了桌子上。

他刚才应该忘了告诉她，小陈的案子虽然不错，但是还是有很多地方值得商榷，从这五页密密麻麻的文稿中可以看出小陈很用心地在跟上她的节奏。他还忘了告诉她，自己的另一份方案是一个完整的广播造势宣传计划。

但这些已经不重要了，他拾起自己的背包往门口走去，这个还没有降温的冬天让他提前感到了寒冷。

桌子上的面差不多都糊了，香气却还不断地散发出来，念及他其实还没有吃饭，狮子座想叫住他，话到嘴边又生生咽了下去。她拿回报告，走进自己的办公室。

第二天，狮子座被叫去了总经理室，MAY 正冲着她微笑着："小林最近好像很忙，黑眼圈都重了，如果有什么需要二部帮忙的千万不要客气。"她说完便起身，踩着高跟鞋妖娆地走出了办公室。

很显然，MAY 已经发起了进攻，下一步便是夺走这个项目。"你昨天在公司加班？你那么用心，公司真的很感激，只是这样下去身体垮了的话，老林那里我可交代不过去啊。"马丁笑着请狮子座坐下来，一副语重心长准备劝服她知难而退的架势。

"我身体健康没有问题的，之前体检的时候还说让多运动，加班多好啊，健身的钱都可以省去了。"狮子座狡黠地一笑，对付马丁她很清楚要用什么招数，"马叔叔心疼我的话，就多给我点活儿干，我赚够了钱自然就申请退休了！"

"给你活儿干，你也得有兵带才能干起来啊。你现在和光杆司令也差不多嘛。"马丁笑笑，指着小陈的转岗报告说，"这是第几个被你吓跑的？"

狮子座别过脸。

"好吧，我就直接点说了，万人相亲活动的方案准备得怎么样了？我听说已经被客户驳回了两次，你也知道这个客户是国内最大的相亲网站，万人相亲活动他们每年都做，其实内容实质都没什么差别，现在客户最需要的是前期的气氛烘托，要在情人节之前让整个城市都弥漫着爱情的气息！现在时间真的不多了，我看这次就让MAY 介入进来，反正方案还没出，所以也不存在适应和熟悉的问题了。"

"谁说方案没有出来？"狮子座抽出一沓稿纸，用手指敲打着纸面，"这是我们部门新员工昨天加班根据这几次与客户的沟通做出的渲染方案，是我们部门最后的一搏，如果这次还是被驳回，那就证明我能力有限，这个案子我退出，由 MAY 来主导。但是如果客户被我说服，那就还是由一部独自完成吧。"

狮子座将方案放在了马丁的桌子上，笑嘻嘻地说："也是给马叔叔节约人力成本啊，两个部门盯一个方案资源浪费啦。"

"反正到了下午就揭晓了，也不差这点时间了。"她自信地说着，然后不等马丁反应就借口约了客户，抽身离开了。

"等等。"在茶水间，她叫住了正在续水的双鱼座，他今天脸色苍白，她的脸色其实也不好看，"昨天……"

"昨天我睡得太晚，所以今天迟到了。"双鱼座岔开了话题，有些话题就当从来没有谈过，他不想提。

她大概明白了他的意思，那番道歉的话只能重新编排，便换成了另一种说辞："其实我觉得社区活动和广播剧这些东西都很新颖，但是我们有人会操作这样的东西吗？如果要和电台合作，渠道是没问题，内容呢？我们怎么获取？"

也许聊工作，才是现在最合适的话题。

"发起社区活动，征集大家的爱情故事，然后由我们选择进行录制。被选入的作品提供者可以亲临活动现场。"

"可是第一个故事呢？"狮子座问。总要有人提供第一个爱情故事吧，身边的真实爱情故事，狮子座可没有经历过，也想不出缠绵的故事情节。

"你没有吗？"双鱼座随口问了一句。

扑，狮子座差点被水呛到，她摇摇头，想到双鱼座也许会鄙视自己，就借口说："我不想分享自己的隐私。"

"那就用我的。"双鱼座说完扭头就离开了。狮子座咀嚼着他的那句话，眼中瞬间闪过一丝落寞。

下午，狮子座在镜子前整理妆容，再过半小时，她就要重新面对挑剔的客户，她需要用专业、强势来装扮自己，这一次只准胜利不许失败。辞职信已经写好，就放在抽屉里，假若真的那么不顺利，她做好了抽身的准备，她不想留在马丁传播任人嘲笑。

"我们可以每个夜晚分享一个故事，用这样的活动带动情人节前的气氛。根据我们的调查显示，80%的单身女性青年仍然有夜晚收听电台节目的习惯，同时也有60%的女性选择用网络社区收听电台，所以这个媒介依然能够满足我们渲染活动前期气氛的作用……"

双鱼座在台下看着狮子座，她显得大方从容，全然不像一个毕业才两年的大学生。客户方正对方案交头接耳地商量着，眼神中已经透露出认可的信息。狮子座在台上冲着双鱼座微笑，眼睛弯曲的弧度泄露了年纪，这般溢于言表的喜悦之态，也只有心底单纯、藏不住事儿的小女生才会有，双鱼座看着觉得她还保有一颗天真的心。

真真是和一个小孩子没什么区别，双鱼座心里想着，之前的不愉快也就烟消云散了。

"谢谢你。"散会之后，狮子座正在演讲台上麻利地收拾资料，双鱼座从狮子座身边擦肩而过，那短暂的一秒钟，狮子座牢牢把握住，她轻轻地说了这三个字，声音虽然很小，但她确信他听到了。没等他反应，她就大步走了起来，追上客户，寒暄了一番，算是正式进入了活动筹备期。

隔了两日，狮子座在自己的 OE 信箱里收到了双鱼座的邮件，那是一个一千来字的爱情故事，内容大抵描述的是青梅竹马之间的故事，没什么跌宕起伏的矛盾，也没有生死离别，但字里行间在平淡中充满着暖暖的感情。这应该算是一个治愈系的故事，非常适合在冬天的夜晚静静地聆听。

只是不知道为什么，狮子座有些抗拒看这个故事，她说不上来到底是哪里不喜欢，只能把双鱼座叫来，也许辩论一番后她就知道怎么去评价这个故事了。

"你觉得这个故事不合适？"

"太平凡了。"

"很多人的爱情就是这么平淡无奇，那些生死相许的故事大多只是电视剧而已，我问你，你看这个故事感到温暖了吗？女主人公对男主人公的关切，那种背井离乡孤独无助时，总有一个人在想你、念你，而你也是因为这样一个人才愿意承受背井离乡，才愿意奋斗，才愿意努力。"双鱼座很认真地说着。

刹那间，她有些害怕，害怕眼前人背井离乡的奋斗也是为了远在家乡一个她从未见过的人。

"可是，这故事有人愿意听吗？"狮子座一时语塞，她真的没体会过。

"闭上眼。"双鱼座把耳机罩在了狮子座的头上。

舒缓的音乐响起，双鱼座用平缓的语气念着这个故事，他温润如玉的嗓音好似那种薄荷糖，甜甜淡淡地透过耳罩，令她想起第一次拨打他的电话时听到的那个声音。

狮子座对这声音的好感从双鱼座第一次接到她电话时的那一句"你好"开始，那种干净纯粹的嗓音配合着舒缓的背景音乐，一个字一个字汇拢在耳边，她闭着眼睛想象着夜深人静的时候，这个声音伴在耳畔该让多少人心动不已。

狮子座微微地睁开眼，电脑屏前的灯光打在双鱼座的侧脸上，他的睫毛原来那么长，鼻子其实也很挺，他的嘴一张一合，那些暖人心扉的话语就发自这里……

"怎么样？"他别过头，关了音乐。这突如其来的终止让她来不及抽离自己的情绪，她呆呆地点着头，等到双鱼座打开了办公室的灯，狮子座才反应过来，她不知道双鱼座是不是觉察到了自己的失态，总之她的脸有些烫，她急急地摘下耳罩："挺好的，就这个吧。你联系电台吧。"

狮子座仓皇而逃。

之后，和电台合作的工作就全部交给了双鱼座。由于合作的电台是女性电台，主播清一色都是女的，有时候故事由男性来念更煽情，所以双鱼座也会客串一下，充当嘉宾主播。每次他出现，收听率都格外好，到最后大家决定剩余的 20 期节目都由双鱼座来录制。

狮子座理所当然成了监听，晚上的办公室成了两个人独有的空间。她开始盼望下班，盼望全部的人离开，盼望戴上耳罩，听他念一个又一个温暖的爱情故事。就这样，到了情人节前夜，故事全部念完了。

她请他吃夜宵，她告诉他，其实也可以去陪女朋友。他挑了下眉说："我没有。"

"可你那个故事？"

"你都说是故事了，故事可以编啊。"

她语塞，有些不服气地还想找些什么词来反驳，但是想到那个故事是编的，想到他还单身，忽然就乖乖地不再说话了。萦绕在心里多时的疑问，终于有了一个令她满意的答案。

繁闹的市区，已经充满了节日的气氛，虽然第二天才是情人节，但是今晚也没有人会错过鲜花的生意，不断有小贩走过他们身边兜售玫瑰，拒绝多了，到最后他都有些不好意思，挑了一朵递到她面前。

她心里开出的花比这玫瑰花还要恣意。他怕她误会不愿意收，便说："等下出去的时候我肯定又要被小贩拉着买花，你手上有朵花，我就不会被烦了。"

对。

的确是这个道理，拿来防身的。

她听罢，恶狠狠地去夹蛤蜊。那盘蛤蜊俨然成了她发泄满腔莫名怒意的对象，很可惜她明显用力过猛，夹偏了，于是又懊恼连蛤蜊也不能顺心如意地夹进自己的碗，力气就用大了点，第二次还是如此。

狮子座懊恼地选择放弃，去盛难度小一些的鱼片汤，这时候碗里却多了他给她夹的蛤蜊。于是，鱼汤就不再那么重要，蛤蜊又忽然可爱起来了。

第二天便是情人节。作为执行方，他们两个人正装出席了相亲活动，说是万人相亲活动，真正能够在活动现场进入派对活动的只有 100 对，当然了这些男女嘉宾都是挑过的，原则上女的必须纤细苗条面容姣好，男的必须高挑挺拔职业背景不俗。

但是在那种都是网名注册的相亲网站里，哪里有这么多的符合标准的单身男女，所以这里面自然少不了托。狮子座和双鱼座就是托，而且还负担起了带动全场气氛、掀起活动高潮的重任。

晚上 8 点，烟火已经准备齐全，参与活动报道的媒体也吃饱喝足准备开工，按照活动方提供的公关稿，相亲活动的重点是现场告白环节。

双鱼座被哄到了台前，狮子座按照脚本上的安排要扮成娇羞状，他递给她一大束白玫瑰，她双手都无法全部环拢。

他说："做我女朋友吧！"

当下，漫天烟花盛开。

这张相片瞬间被安排在了隔日报纸的首版：万人相亲当天，男嘉宾 999 朵玫瑰示爱。

马丁传播公司内部的气氛也被这张照片搞得异常暧昧，狮子座差点都快觉得这一切都是真的了。

狮子座去餐厅用餐，双鱼座恰好也在。好事的女同事们窃窃私语，对他们投以暧昧的眼神，和狮子座有点交情的同事就耸耸肩对她说："你看，他是不是故意的啊？这个点偏偏出现在你对面，还点了一样的菜。"

她莞尔一笑，被众人解读成是娇羞的意思。她的心跳也变得很快，走过他身边，他倒是没什么动静，挪了挪椅子，给她腾了点空间。

她下班，他还在位置上。她猜他是不是在等她，于是也默默地在门口站着。好一会儿也不见他出来，等电梯的时候，她忽然听到了脚步声："等一下。"他进入电梯，冲她抱歉地点点头，算是打招呼，手上还拿着手机："我进电梯了没信号，一会儿楼下等。"

原来是约了人，她垂首笑笑，又不甘心，偏偏想起了他第一次念给她听的故事，难道是青梅竹马？她就假装要找东西，出写字楼的时候特地停了一会儿，然后看到个身着运动服的男人向她身后挥手。

"快点，等着你打第一场呢。"

幸好是男的。她心里忽然有了这么一句台词。然后她被这句怪异的台词吓住了，她呆呆地望着他的背影，难道爱上了？

顺利结束万人相亲活动之后，马丁传播举办了一场庆功宴。狮子座的能力被马丁大加赞赏，公司刚招的一批新人听见总经理的夸奖，又听闻这个年纪轻轻的主管用一个月时间，一个人外加一个助手就搞定了那么大的项目，个个都非常钦佩。

　　加入一部的呼声就这么在酒席间被喊了出来，这着实让饭桌上的另一个主管 MAY 丢尽了脸面，匆匆敬了几杯酒就撤了。

　　小陈坐在双鱼座的边上，她明显有一丝不安，不知道是跟着 MAY 走呢还是留下来。双鱼座说，既来之则安之。

　　狮子座这时已经缓缓走到小陈的身边，举着酒杯，大概是被灌了太多，说话也有点囫囵不清："小陈，之前你要走，我不拦你，你的方案其实不错，来，谢谢你！"

　　小陈错愕地看看狮子座又看看双鱼座，她从未想过这个严肃的前上司还会向自己道谢，那个平日里摆着脸孔、万分挑剔的狮子座，几杯酒下肚就变得真实近人起来，有一瞬间她开始后悔自己当初选择了临阵脱逃。

　　"你觉得她可爱吗？"小陈看着双鱼座。

　　双鱼座没有接话。时间已经不早了，他披上外套准备告退，马丁叫住了他，拍着他的肩膀："来来来，这就是一部小林最得力的助手，这次表现很好啊，我看好你！小林过来，你们的照片太漂亮了，来，我提议你们一起喝一杯！"

　　对，喝一杯！众人附和着，忽然不知道是哪个新人，大声说了句："喝个交杯！"两人愣住了，狮子座端着酒杯不知道下一步该怎么办，她往双鱼座看，他正笑得乐呵呵地摆手说："不能这么开玩笑，林主管是女的，要是和马总交杯，我二话不说！"

　　众人皆笑，本以为事情就这么过去了，谁知道马丁早就喝得醉醺醺的，听到这话就来劲了，那边推着双鱼座，这边又拉着狮子座："交杯酒么肯定是一男一女喝的，哪里有我一个老男人和你个小伙子喝的，要是传出去我就没法在江湖上混了。现在我做主，你们俩喝了这杯，不然明天我不给你们发工资。"

"对对，喝一口喝一口。"

嬉笑着，双鱼座伸出了酒杯，凑在狮子座的耳边轻声说了句："不好意思。"

她呆呆地感受耳畔的热气，他温润的声音让她起了个激灵，乖乖地也伸出了酒杯。

公司里总有一些人特别喜欢闹事，他们拿出手机拍了下来，大家都喝高了。

隔日恰好是休息天，宿醉之后，浑身都特别乏力。狮子座醒来一看，时间都过了10点。昨天喝得迷迷糊糊，居然还能安然回到家，真是天大的奇迹。

她记得刚上大学那会儿，也不知道哪里来的漫天压力，她头一次喝了酒，发酒疯的时候居然脱了鞋子赤着双脚在花坛边上走，一边晃晃悠悠一边还唱着《但愿人长久》，惹来了不少人驻足围观，后来是寝室长把她拖了回去。

爸妈获悉后，还特地赶到学校把她揪回家教育了一番。她心想昨天自己一定醉得一塌糊涂，连怎么回家都没了印象，还不知道妈妈会怎么教训她。

她蹑手蹑脚地下地，去洗手间洗漱，谁知道妈妈已经在门边候着她了。

"你昨天咋啦，喝得那么醉。小姑娘家这样子怎么嫁得出去啦，以后有什么应酬你就给你爸爸打电话，马丁怎么好意思让我女儿出去应酬……"看着母亲的架势，没半个小时是不会结束的，她无奈地耸耸肩，挤了牙膏，猛力地刷着。

"你啊，越大越不像话了，不乐意听我说话是不是？我问你，昨天背你回来的那个小伙子是谁？个子倒是蛮高，不过我下楼留意了下，他是叫出租车来的吗？怎么没有开车？家里做什么的？条件好吗？"

她几乎就被漱口水呛到了："妈！你能不能不要一提男性就荷尔蒙激增搞那么兴奋啊！"

"我兴奋？我是替你着急！"老人家不依不饶，跟着狮子座从洗手间走到客厅旁，一点都不愿意放过她，"黑色外套，下巴有点尖，人很瘦。嘴唇蛮好看的，鼻子也很挺，这个没印象？"

"没印象没印象，肯定是同事。"

这话说完，对方就没了兴趣："你同事？除了马丁就没比你级别高的男同事了，那就是没什么希望喽，算了，过几天我看你还是乖乖地给我去相亲吧。"

"我需要吗？"狮子座瞪大了眼睛喝完豆奶，挑衅地看着母亲，"我只是没想要谈而已！"

"那你倒是什么时候才想一想啊，我的祖宗。你不知道陈阿姨明年都做奶奶了，我什么时候才可以啊？读书、工作、结婚你妈妈从来没有落后过，为什么这件事情上，你偏偏要拖我后腿呢！"

狮子座无语地钻进了自己的房间："妈妈，我很忙，我要去加班了。这件事情回头再说。"火速换好衣服，边摇头边在母亲的指责声中逃离。

她很无奈，有一个逼着自己结婚的母亲。不过想来自己的年纪也不小了，同学的红色炸弹也收到了不少，只是这种事情又不能急，会遇上的总会遇上。这时手机响了。

她接起来，铃声不知道是什么时候特地换了的，一响起来她就知道是谁，她屏住呼吸等待对方说话。

"你的车停在公司车库了。昨天你喝多了，我让马总的司机帮你把车开回去了。"昨天送她的人果然是他啊。黑色外套，鼻子很挺，高高瘦瘦的，想来想去除了他没有第二个人了。

她问他："昨天是你送我回家的吗？"她想到自己一醉就会发酒疯，生怕在他面前又出糗。

"没有，就是拖不动，只好背你上去了，你妈妈挺热情的。"

他这么一说，她就全然了解了。按照狮母的性格，估计连他的家底都快要翻出来了，刚才居然还装作什么都不知道想套词，难道真把他当成她对象了啊？

一想到对象，她脸"倏"地就红了。他还在说话，好像是请假之类的，她都听不进去，只想立刻见到他。这种急切的想法让她感到不安，不待他说完，她就挂了。

一连好几天，他都没出现，她才想起来那天她依稀听到他是向自己请假的，好像是家里有些什么事情。

双鱼座请假之后，公司内部关于他们两个人的绯闻就淡了下来，这个绯闻本来就只是通过几张作秀的照片演化过来的，现在有人认为狮子座这样的人眼光肯定十分挑剔，怎么会爱上自己的下属呢？这事儿就这么消停了。新进员工的岗位都分配好了，三个留在了狮子座带领的企划一部。

除此以外，马丁还特别推荐了两位资深的文案策划去狮子座的部门。这一下子，狮子座部门的阵容就算扩充扎实了，她的精力也分散在了难得多过三个人的下属们身上。

狮子座很满意目前自己的工作状态，忙到可以暂时不去想一些悬而未决的事情。

　　不过她的这种状态没有持续多久。

　　那天她看到请假归来的双鱼座正端端正正地坐在位置上，她长长地舒了一口气，这才发现这一周她的心思还是分给了双鱼座许多。这一周她总是忧心忡忡，原来不过是在担心双鱼座的情况。

　　狮子座终于给自己找到了这周工作忙碌却没效果的原因，她心想，不知道双鱼座会不会也同样把个人感情夹在工作里，他会不会也在担心自己的工作呢？

　　她故意走到他面前："一切都好吗？"

　　"嗯，谢谢。"他笑笑，却似乎另有一层意思，她觉得他表情有些异样，转身的刹那，她听到他的邀请，"中午能一起吃饭吗？"

　　她没有回头，只是用手做了一个 OK 的手势："当然。"她透过落地玻璃看到自己笑得格外灿烂。

　　午饭的时候，他几次欲言又止，显得很羞涩。狮子座心想，他这是在害羞吗？一顿饭吃完，他们闲聊了一会儿，总感觉双鱼座还有话要和自己说。

　　也许自己应该大方一点，狮子座想着收起了餐盘，对双鱼座说："等下开会前你准备下资料送过来。"

　　她不想再掩饰自己的感情，也许今天就是最好的时机，他请假上班的第一天，她准备向他表白。

　　狮子座满心自信地以为双鱼座会接受，但是没想到的是，双鱼座在听到她的表白后，居然一声不吭地溜了。她绝对没有判断失误，他是故意溜走的，没有任何反应就这么走了。她打他电话，他也没有接。

她心想，他就这么糟蹋了自己的一片心意。她为他，第一次写情书；她也已经准备好了，假如他们在一起，她就辞职，因为她不喜欢办公室恋情，而他刚博得了马丁赏识，未来在公司前途也会很明朗，而她可以选择继续读书，也可以自己开个小公司。

　　她不在乎他不是本地人，尽管她母亲不喜欢，不过没关系，反正她喜欢就好了。他的家境应该没有自己好，不过也无所谓，她喜欢上的是他这个人，并不是他的家庭，她都已经准备卸下所有用来保护自己的面具，她希望他也能认真地对待她的感情。

　　但是，双鱼座显然没有这么做。她表白，她请他会后等她，姿态已经放得很低了，他却当做一切从未发生，自顾自地就提前走了。她觉得周围的同事都在看她，她就要再次成为大家的笑柄了。

　　一个单身"大龄"女青年的一场严肃的告白失利，对方连拒绝都懒得说。

　　狮子座边想边痛心，边想边气愤。

　　我的好朋友狮子座的太阳落在狮子座的第七宫,这注定了她的性格有些暴躁,加上本来就是火象星座,所以她在待人接物上没有过多的耐心,行为方式很直接,并且做事雷厉风行,期待别人都能听从她。

　　这一点可以从她的工作状态中看出来。比如她对单位那些个实习生的态度,往往会让人觉得有些"丧失人性"。但这也是我特别喜欢狮子座的原因,直率,且不懂得修饰自己。

　　这可能是狮子座在理性层面的工作上可取的一部分。但是在感情方面,这种个性就显得不太恰当。就拿表白的事情来说,作为女性,狮子座完全可以表现得更加弱势一些,可天生的火象星座让她习惯于做强势的一方。

　　这样的表白,怕是任何男性都不会太过欣赏。因为在男女感情方面,男人更习惯于扮演主导者的角色。所以当狮子座说出"做我男友"的时候,已经注定了这段感情的走向。

　　尽管我并不知道双鱼座的星盘具体是怎样的,但是这个星座属水,水,是一种非常简单的事物,但是外表平静的水面也会暗潮汹涌。水象星座的人看似温柔恬静,实则有些变幻莫测,难以捉摸。在感情方面,他们往往呈现给人一种扭捏的姿态。面对狮子座"挑衅"成分居多的表白,他的性格使得他并不能直接拒绝,而是选择了临阵脱逃。

　　所以,当狮子座爱上了双鱼座之后,我就知道这将会是一场充满着矛盾和纠结的爱情故事。

　　火一般炽热的狮子和水一般冷静的双鱼。

扑火的鱼

"9点半了，你还不起床吗？"狮子座猛然被母亲摇醒，"女儿你是不是病了啊？怎么眼睛那么肿？"

她迷迷糊糊地睁开眼，无力地看着钟，果然是9点半。都迟到半小时了，这下估计又是个新闻了，铁打的女将狮子座也会迟到。

她苦笑，坐了起来，头却异常疼。"你看看你的眼睛，我生了个金鱼女吗？"狮子座不耐烦地接过镜子，嗔怪母亲说话太夸张，不过当她看到自己的样子，便又觉得母亲的用词真是恰如其分。

昨晚她的确没睡好，眼泪止不住地往下流，一边流一边昏昏睡去。她只好翻抽屉找个框架眼镜遮盖一下，匆匆套上了职业装便往公司奔去。

一路飞驰，跌跌撞撞就进了办公室，刚走到门口就撞到了双鱼座。他照例去续水，头也没抬起来，看鞋子就猜到进来的是狮子座了。两人呆呆地在门口站了一小会儿，谁都没敢挪一下。他心想这样下去也不是办法，就准备挪动。她偏偏也朝那个方向动了下，又撞上了，他抬起头，本来想开个玩笑缓解下气氛，一抬头看到她的眼睛，一下子什么也不敢说了。

"我脸上有花吗？"她没好气地问，心里实在是懊恼，他看到了她这副样子，不知道是不是会觉得得意。

"没有。"他收回了视线，往外走，她也不知道哪里来的脾气，胳膊用力往他身边一甩，哐当，杯子碎了。

她看着一地的白色瓷片、他略微不满的脸，突然就有点兴奋起来，本来阴霾的情绪竟忽然释放了。她微笑着说了句："对不起，不是故意的。"心里却是另一副台词：我就是故意的，又怎样？

他什么也没说，只是轻微地从鼻尖放出了一声闷哼。这一声闷哼显得格外轻蔑，她听起来好像在嗤笑她的歇斯底里，她满肚子的委屈只想要咆哮出来，回神时，双鱼座已经转身回到位置上了。

保洁员赶来清扫碎片，还呢喃着说这个杯子真好看。

确实挺好看的，她见他用好久了，白色陶瓷上画着泛舟图，落款还有一个红色章。看着就像是手工精品，也不知道哪里还能买到。狮子座回到位置上，在网上搜了一遍，都没找到，一个上午就这么过去了。

她一边懊恼自己居然替他心疼起了杯子，一边恶狠狠地往大敞间看去，他正忙碌地和女同事交头接耳，不知道说的是什么。居然还笑盈盈的，心情看似不错。她火了，果然是个负心人，自己表白不过一天，他没答应也就算了，竟还公然地在办公室里和新人打得火热。

她抱起一堆资料，风风火火地走到他面前，往他身上一摔："明天早上要总结报告！不然就不要来上班了。"

众人愕然，不知道上司发的什么无名火，只同情地看着双鱼座，安慰道："可能是大姨妈来了吧。"

双鱼座摊摊手表示无所谓，反正横竖这些报告总是要做的。新来的同事倒是挺热络，一口一个"学长"地叫着，还主动过来帮忙。

一会儿工夫，一叠资料便被分去了一半。他也没在意，只顾做自己的那份。谁知狮子座上洗手间的那会儿，新人正好也在那里打电话，她本来是准备走出来的，没想到她听到那个新人在娇羞地说："我见到学长了，他真的很温柔啊，不过不知道为什么今天领导莫名发火，故意刁难他，我就拿走了好多资料，你说学长会不会记住我啊？"

她愕然，心想他竟然用起了美男计，蛊惑女同事帮助自己干活儿！这算什么？真是恶心至极。

她走回自己的办公室，用内线电话把他叫进了办公室。

"你不觉得自己很无耻吗？"狮子座生气得找不到合适的词语，"无耻"两个字让双鱼座听了居然轻微笑了下。

"你指什么？"他很好奇，不知道自己哪里惹到了她。

"你不觉得利用别人对你的好意是一件无耻的事情吗？"狮子座没好气地反问道。

双鱼座心想，如果这是在说他昨天临阵脱逃，那他的确应该好好解释："我昨天……"

昨天仿佛是一个禁忌，提到了便会让她想到那格外丢人的一幕，她立刻打断他的话："我是说今天，你让新人帮你做资料整合，自己便可以留出时间做私人的事儿，你不觉得这样很无耻也很没有职业操守吗？"

虽然帽子扣大了，但是说出去的话泼出去的水，狮子座还是摆出一副言之有理的样子，等待着双鱼座的辩解，然后她便可以顺势驳斥，挫挫他的锐气。谁知道双鱼座竟然就这么服软了："的确不应该分给别人，我会自己独立完成的。"

说完，他居然就走了。

一点辩解都没有，狮子座甚至连继续发问的机会都没有。她再一次感到了双鱼座无所谓的态度给她造成的尴尬和羞愧。她的指责、她的怨气被他的无所谓巧妙地化解，重新又增加了她的不甘心。

既然这样，那以后你就独立完成所有的工作吧。她气愤地打开电脑，打开一份三周的工作计划，在这中间圈圈点点，然后汇总成一份工作计划表发到了他的邮箱里，拿起电话异常客气地说道："我发了你这一周的工作计划，你查收一下，跟着时间表操作。"

随后，召集部门全员开会。

"你让我难堪，我也不会就此罢休。"她关上电脑，走向会议室。陆续地，部员们都来了，这是一部第一次集合那么多成员。小会议室瞬间显得拥挤了一些，狮子座打开投影，映入众人眼帘的是一张密密麻麻的月工作计划表，每一栏都写好了指定的汇报人。

令人愕然的是，几乎一半的工作量都归在了双鱼座的身上，议论声小范围地传开了。

这一招就叫陷他于尴尬境地。

狮子座满意地望向四周，她感觉双鱼座此刻收到的一定是敌意多过同情，那么多项目双鱼座都担当了汇报人的角色，表面上看他就是一个部门的中流砥柱，这样的话势必受到其他员工的妒忌。

下一步，她要把大家的情绪推到最高。

"另外，我们在北京正在筹备一个很重要的项目，需要派一位优秀的员工和甲方进行前期的沟通，这个事儿就交给……"她望向他，笑容款款地将资料递到双鱼座的面前。

这一下她看到了两个老员工正在蹙眉。会议很顺利，任务布置完了。

"真是出尽风头啊。"老员工走到双鱼座的面前，拍拍他的肩，带点酸意地说，"如果需要帮忙找我啊。"

双鱼座平淡地点点头，正准备离开的时候却被狮子座叫住了。

"北京的项目很重要，你明天就动身吧，其他的工作也要按时交给我。"

"好。"他还是那副泰山压顶岿然不动的态度，这让狮子座抓狂。压抑着怨气，她问他："你知道北京的安排吗？任务能完成吗？其他的工作呢？"

她的疑惑劈头盖脸地向他砸去，仿佛就在等待他说一句"我的确不能负荷那么多"。但是很遗憾，狮子座没有得到这样一句话。双鱼座并没有读懂她的潜台词，他只是淡淡地说了一句 "我尽力吧"，便结束了这怪异的谈话。

下班前，行政把航班信息发给了双鱼座，顺便也抄送给了狮子座。

"这个安排不行，没别的航班了么？8 点起飞太早了吧，有晚一点的吗？下午的有吗？"狮子座通过电话告知行政更改航班，行政表示很无奈，临时订的出差计划，实在没有选择的余地了。

狮子座赶紧上网搜线路，8 点起飞的航班意味着双鱼座起码要在 5 点起床，可是今天狮子座刚给了他很多资料要整理报告，截止时间也在明天，这意味着今天晚上他必须要交出一份报告。

她忽然有些心疼他，他能睡多久呢？她心想明天的报告还是先缓缓吧，一个电话就这么拨了出去，接起来的却是小陈。

"人呢？"

"出去了，说是明天出差去整理东西了。"

撂下电话，狮子座看着时钟，刚好6点，真是准点下班啊。她发了一条短信给双鱼座："别忘了报告。"

不一会儿，他回了过来，简单一个字："好。"

啪，狮子座把手机扔到了办公室的沙发上，心里狠狠地想：那你就通宵熬夜吧！

她赌气地摔门离开，怒气让四周的人都纷纷让出了道，上司的脾气又回到了阴晴不定的状态，让一部人心惶惶，生怕被逮到又要中途召回加班。

晚上7点，双鱼座拎着行李回到了办公室，恰好遇到正在值班的小陈。

"你怎么回来了啊？"

"嗯，明天直接从公司出发还能近一点。"

"那你不会是睡在这里吧？"

"差不多吧。"

"太好了。"小陈有些兴奋，今天看电影半价，如果双鱼座能够替她值班，那她就可以抽身去看电影啦。双鱼座点头示意没有问题，目送着小陈雀跃地离开。

大敞间里又只剩下了他，他一个人埋首在文案中，也不知冲了多少杯咖啡来提神，终于还是抵不住睡意，趴在桌前睡着了。

凌晨5点光景，手机在桌子上嘟嘟地响。他此刻已经清醒，正在装订文件，准备放到狮子座办公室的门口。他朝手机屏幕上一瞥，来电的正是狮子座。

他不知道她这么早打来是干吗，不会连他的睡眠时间她都准备插足进来安排工作吧？

他大抵已经知道狮子座正对自己发起一场不知道何时结束的肆意刁难，心想她一路都是天之骄女的姿态，学习工作都很顺利，忽然遇到了他，对她的示爱毫无反应，势必会感到羞辱和不甘。等她的新鲜劲过了，怒气消了，一切都会恢复到原来的。

现在双鱼座觉得唯一要做的事情就是不动声色地漠然接受她的所有挑衅，包括这个格外吵闹的电话。

"你好。"他清了清嗓子，通宵过后，他的嗓子似乎有点干哑。

她一听便察觉了异样，很想问一句，你感冒了吗？话到嘴边却走了样："你的案子别忘了交给我。"

其实本来她打这个电话是想叫醒他，让他能准点赶上飞机。她自己还处在迷迷糊糊的混沌状态，只听到他在电话里说："文件放你门口了，我正准备出发去机场。"

狮子座猛然清醒，立刻意识到他不会通宵在单位吧，正想多问一句，对方却挂了电话。这一下子，她也睡意全无，早早地开始了洗漱。听到家里忽然有了动静，母亲从房间里探出了头："哎哟，吓死我了，今天太阳是打西边出来了吗，起那么早？"

"嗯，睡不着。"她含糊地应着，收拾好自己的形象就去上班了。她是今天第一个打卡的人，门卫看到她的时候还特别瞪大了眼珠以为自己看错了人。

她走到他的桌前，桌子前一堆速溶咖啡的包装袋，杯子里还留了一些咖啡。狮子座想肯定是走得急也没收拾，她一包包捡起来扔进垃圾桶里，手摸到纸杯便想到了先前她把他的杯子打碎了，他还没来得及买一个新的。

也许她应该买一个新的给他，等他出差回来的时候放到他的桌前。

中午，狮子座用其他同事的电话拨打了他的手机，居然还是关机状态。当下她就慌乱了，上网一查，原来是航班延误，11点才起飞。她就没敢吃饭，守着点等待着飞机的落地信息。

下午1点，她辗转得到他安全抵达北京的信息，悬着的心终于放了下来，可以安心处理工作了。下班后，她路过一家精品店，里面恰好新到了几款杯子。她就进去，挑了好久，最后选了一款珠光白的素面保温杯。

第二天，狮子座居然又是很早醒来。第一个到了办公室，她小心翼翼地取出杯子，轻轻地放在他的桌前，恰好保洁员正准备打扫，她有些尴尬，微微咳了一下，便闪回了自己办公室。

等待注定是漫长的。

双鱼座前往北京出差的那几日，狮子座也没闲着，几乎天天留在公司加班到晚上8点。她的桌前摆着一份工作计划周表，上面好几项已经用记号笔画上了颜色，表示是已经完成的工作。这份周表就是双鱼座出差前，狮子座特地给他制订的，现在狮子座却在下班时间偷偷地变成了"田螺姑娘"。想着自己矛盾的心理，她就觉得自己真的没救了。

马丁这一晚也留在公司加班，省内最大的电子商务公司要做一场为期三个月的品牌推广活动，覆盖了全国五大城市，这是一块难啃的骨头，但是如果啃下来，马丁传播的影响力将会进一步扩大，公司的财务报表将会格外漂亮，那么正在接触中的投行应该也会对马丁更为认可吧。

谁来做这个活动，是MAY还是狮子座？看着两人分外出色的工作总结，马丁想了很久还是没法决定，也许今天并不适合草率地作出决策，他收拾好包，准备回家休息，走出办公室的时候发现狮子座办公室的灯还亮着。

马丁轻轻敲了下门，听闻狮子座在里面喊了声"请进"，他便推开了门。

"怎么又在加班啊？"马丁的脸上装着不悦，口气似乎有些心疼，其实心里很满意狮子座的敬业，毕竟有人肯拼命为自己赚钱，谁会嫌弃？

"马上就好了。"

"不介意我说两句吧。"马丁往沙发上一坐，伸手拿起狮子座桌上的文稿看了起来，"这些工作很基础，难道没有人能替你分担吗？"

狮子座没有吭声。马丁便放下了文稿，笑着说："工作最重要的是团队合作，而不是一个人横冲直撞，你要学习融入团队，带领他们和你一起冲刺，而不是现在这样甩下所有人……"

狮子座听着，心里泛起了一丝苦涩。什么叫团队合作，她打小就不甚明白。读书的时候她就是一个落单的人，搞什么活动从来都是她一个人张罗，没有团队也没有合作。工作以后，她也想过改变，但是周遭的同事总戴着有色眼镜看她。她不是洪水猛兽，却被他们隔离开来。凭着努力升职以后，她依旧没有团队，就连实习生也忍受不了她。

只有双鱼座，默默地选择和她共事，然后他们成功了。

想到这里，狮子座忽然就释然了许多。她还是要感激他的，他还是不讨厌她的，不然他也不会留下来。她这么一想，心情舒畅了许多，僵硬的嘴角也有了好看的弧度。马丁以为是自己的话开导了她，便也觉得很有成就感，高兴地拍拍腿，起身走了。临走的时候还嘱咐她不要太晚回家，好好过一个周末。

狮子座点点头，看了下表，晚上10点。等到明天下午1点，双鱼座就要回来了。然后呢？她一边想着要不要约他出来好好谈一下，一边又想到他也许会很累。犹豫了很久，最后抱着一堆工作回了家。

　　那两日分外难熬，即便有繁重的工作在身，她也习惯了在忙碌中抽出精力去担心他，本来就在后悔为什么三周时间的文稿要并在一周做，现在又在思考要不要约双鱼座，要不要打电话问好，总之就是烦上加烦。

　　在矛盾纠结中，新的一周来了。

　　狮子座今天一早就花了很久时间选衣服，最后出来的时候，母亲都吓了一跳："这是春天来了吗？"

　　听着母亲的挖苦，她又急急地往镜子里照。

　　"行啦，今天才像个年轻人，多精神，以后不要穿太深色的衣服，和小老太婆似的。"

　　狮子座一边整理衣服一边征求意见："这样真的好吗？"

　　得到满意的答案后，她乐呵呵地就去了公司，进门的时候，办公室突然没了声响，然后就有人走过来说："哇，今天很漂亮。"

　　"谢谢。"

　　狮子座礼貌地道谢，这公事化的语气一下子让人明白她仍旧是那个生人勿近的女上司，于是都觉得有些自讨没趣，埋首继续工作了。

　　狮子座的目光掠过一排排的工位，直接望向了双鱼座的位置。他穿着格子衬衣，套了件毛线背心，看着挺阳光。她算了下，其实他们相差三岁，老话说三岁犯小冲，她皱皱眉觉得不可以迷信。

　　狮子座特意绕道，从双鱼座的身后走过，然后在他边上停了下："出差的情况一会儿你进来和我汇报一下。"

她特镇定地说完这番话，眼光瞥向他的办公桌，那只精心挑选的保温杯正完好地"站"在那里，她欣慰地走回办公室。

一刻钟后，双鱼座敲开狮子座的门。狮子座示意他在沙发上坐下，她看见他的双手从背后伸出来，轻轻地把杯子安在了茶几上。她心跳漏了一拍，赶紧提醒自己先处理工作。

这一趟北京的出差对双鱼座来说很突然，对合作的客户来说亦非常突然。双鱼座到了之后才发现甲方的老总甚至还不知道马丁传播已经派遣了工作人员来北京进行前期的洽谈。

于是免不了，对方对他有一些怀疑。第一天的时候沟通并不是特别顺畅，但第二天后，对方的态度就发生了改变，一切都变得很畅通。双鱼座的任务就是了解客户的诉求，并且提出一个初步的构思，如果客户认可，将进行方案的整体输出。

他把这几日的工作汇总做了一个 PPT，又做了一个书面的梳理，算是对出差作了完整的总结。狮子座心里还是挺佩服他的工作效率的，本来就是临时起意要让他去北京跑一趟，这个案子，对方其实根本没确定要和马丁传播合作。

双鱼座飞去北京的第二天，狮子座就开始懊悔，急急通过家庭关系联系到了北京的客户。那个老总本来就和狮子座的父亲交情匪浅，一听是狮子座亲自打来的问候电话，心情当然特别好，说话间话题自然就引入双方的合作上。

"伯伯这个案子我一定全力以赴的，肯定亲自给您好好策划，派上所有的精兵强将。当然爸爸这边也会尽力的。"这一句话就像给对方吃了颗定心丸，合作就这么通过一通电话敲实了。这些狮子座都很清楚，也不需要双鱼座汇报。她只是想知道他这几天过得好不好，另外，她看到他拿着杯子进来，并不清楚他是要干什么，道谢吗？

他汇报结束，她满意地点点头："做得不错，这个项目就你跟进吧。"

双鱼座无奈地苦笑，其实他很清楚他什么也没做，倒是更清楚了自己与狮子座的差距在哪里。如果不是有人中间斡旋，客户的态度又怎么会突然改变？一连两场饭局对方都提到了狮子座，明显人家是冲着狮子座的背景而来，他充其量只是个跑腿的。

这趟差他出得筋疲力尽，回来的时候发现位置上多了一个杯子，问了四周都说不是自己的，一看杯子的质地，价格肯定不便宜，于是想到了狮子座，她对自己的好奇心难道还没有消退么？

"林主管。"双鱼座难得正式地叫她，她显得有些不适应。

"谢谢你的杯子。"她看着他把杯子挪到她的桌子上，然后轻轻地放下把手收了回去，好像这杯子是针做的，扎手。

"谢谢你的好意，但在我们那边，杯子是不能轻易收的。"那本来格外好听的嗓音却说出特别伤人的话来，"杯子代表一辈子，我不能收。谢谢你。"

他也不敢看她，只是喘了口气，终于把不中听的话全盘说出了。不管她会不会暴怒，总之不应该接受她太多的好意，以免她真的误会了自己的意思。

狮子座怔怔地看着他离开，心像被抽空了一样，桌子上的杯子哪里还像一个杯子，俨然成了一个张着血盆大口的怪兽。她拿着它冲了出去，重重地扔在了茶水间的垃圾桶里。她躲进洗手间，拼命地拿凉水泼自己的脸，冰冷的水泼在脸上刺疼，她都没觉得。

等狮子座出来的时候，她已经全部武装好，脸上不带任何表情。她冷冷地环顾四周，瞄到他的时候，他正和颜悦色地和同事们交流，这一切都成了她眼里最不想见到的画面。

游泳的狮子，

一部开会！

这是一个非常突然且不知所谓的会议，众人都皱着眉放下手头的案子，厌烦地走进会议室。进去的时候，他们发现狮子座背着手站在窗边。这是不太常见的姿态，以往她会坐在靠门口的位置上，然后看着谁是最后一个走进会议室的拖沓分子。

这会儿他们发现狮子座倒抽了一口气，他们也跟着抽气，感觉到会议室的气氛非常不友善，都选择坐得紧密一些，求得一些依靠。

"到齐了吗？"她的声音不带任何音调，只听到有人回答说双鱼座还没来。

"那就去请他快一点来。"这话说得格外响，门口的人怔了一下，只微微地说了句："我来了。"

狮子座扭头望向门口，忽然就笑了起来："嗯，很好，你是主角，请进。"

有人猜，这是不是褒奖会，听说双鱼座回来后拿下了一个并没有事先谈拢的案子，项目不大但也充分证明了他的实力。有人说是不是要升职。总之谁也没猜到最后竟然是一场彻头彻尾的批评会。

独独双鱼座站在位置上，和狮子座对视。

"未经同意就擅自与客户沟通。"这大概说的是去北京的时候，对方不认可他的身份，他没办法，只好想法子去拦截客户方的老总。

"提给客户的方案和报价都明显和事实有巨大差距。"他根本不知道这个案子公司的提价，只是给了一个大致的范围。

"在与客户沟通期间，有损公司形象。"他被客户灌醉了两次，如果这是有损形象的话。

狮子座一条条地当着众人的面指责双鱼座，语气分外严肃，一同参加会议的还有几个新来的大学生，总之一切以让双鱼座下不了台为目的。双鱼座起先还没有解释，只这一条，双鱼座随口反驳了一句，哪晓得狮子座以为他是在暗讽她那次喝醉了酒，气又冲了上来。

"我听说你在上一个公司就有职业道德方面的争议，我觉得公司可以接受不够聪明的员工，却不能接受一个自以为是、不够诚实的员工。"

这一下，点爆了双鱼座的情绪。他的目光也充满着怒气，正对上了狮子座圆睁的双眼。但是双鱼座的抵触情绪只存在了几秒钟，他眼底的怒气就慢慢消散了，转而出现的是浓浓的失望。

他什么也没说，大步往门口走去，狮子座见状就愤怒地咆哮说："如果不服气，你大可以离开马丁。"

双鱼座转头，往狮子座看了一眼。有一丝不解，一丝气愤，但更多的是一种伤心之后的无奈。狮子座猛然觉得自己做过了头，但是此情此景不可能再有挽回的余地。

这一次狮子座单方面的争吵之后，谣言便不胫而走。起初的版本是，双鱼座才情俱佳，招来了狮子座的妒忌，于是就百般挑剔，现在双鱼座被打压得只能参与最简单的活动执行，工资虽然没有减少，但是奖金提成少了很多。

"这等于变相降薪！"有同事愤愤不平，怂恿双鱼座索性辞职另谋出路。

双鱼座没有吭声，更没有接着话头动手辞职。他的家庭并不允许他空下来，马丁传播的收入还是不错的，起码他已经攒到了第一笔钱去还债。假如现在就退出，那么他真的不知道上哪里找一个能和马丁传播收入持平的公司。

沉默往往成为另一种解释，好事者从双鱼座的沉默里觉察到的却是另一层意思。版本随之升级，且令人十分信服。

双鱼座抛弃了狮子座。之前两个人还是最佳拍档，顺利完成了万人相亲活动，郎才女貌，连马总都想着要给他们撮合，还怂恿他们喝了交杯酒。现在呢，狮子座突然对双鱼座大发脾气。

　　"像不像失恋的发疯行为啊？"

　　"哈哈，你这么说是主管先喜欢的双鱼座？然后双鱼座又喜欢上了别人？我看他平时和谁都和和气气的，也没有格外关注谁啊。"

　　"这个你就不知道了。办公室恋情是最忌讳的，也许是带你的小陈老师也说不定。"

　　几个小实习生在洗手间里嚼着最近马丁传播最有意思的八卦，可她们不知道，在洗手间的另一端，八卦中的女主角狮子座脸上一阵红一阵白。

　　她就像是被人当面生剥了衣服，一点隐私都没有了，完完全全把自己的挫败和伤疤都暴露在空气里任人评点，就连实习生也嚼着她的悲情故事，发出哀叹的同情声。

　　她最不能容忍的是，为什么所有人都在说双鱼座好。她甚至觉得双鱼座正在秘密地开展着地下恋情，而她真是个跳梁小丑，居然还表白了。

　　狮子座觉得这是她人生中最愚蠢的一次行为。自会议室那次又过去了好一阵子，她就像是透明人，眼睁睁看着他和同事们共同出入餐厅，共同埋首激烈讨论方案，有眉飞色舞的时候，也有蹙眉沉思的时候，但双鱼座脸上生动的表情在面对自己的时候，就完全消失了。

　　多日来，她每次目光与他交接的时候，他总是平静地往边上移走，一副拒人千里的样子，浇灭了她想要缓和气氛的心情。

　　现在她不用再想办法缓和气氛了，因为她已经克制不住愤怒了，尤其是当她走到大办公室的时候，她觉得两年前收到的有色眼光又重新聚集在了自己身上，她被贴上了很多标签：求爱被拒、报复下属、单身恨嫁女。

她觉得自己又面临着一场恶战。

马丁也听到了一丝谣言，不过他把狮子座叫进办公室的时候，倒并不是为了证实传言，反正，如果真的是办公室恋情，那么就请双鱼座走人吧。

"3C 公司在 5 月份就要启动一个全国的巡回项目。因为 3C 公司的战略要升级，会有新的品牌宣传侧重点，涉及所有合作的商户，所以这个宣传活动周期会比较长，前期是一些商户的安抚工作，后期则是重磅的新闻宣传。"

3C 是杭州比较知名的网络公司，和 3C 合作的公司遍布各行各业。这个公司的任何风吹草动都会被媒体捕风捉影，所以 3C 的案子被视为业内最大的雷区，因为 3C 公司的价格总是开得出奇高，所以也总能吸引各大传媒公司争着进雷区。

马丁通过朋友的关系进入了内部招标的环节，现在他不仅需要一个老道的媒介公关，还需要一大批新鲜的血液来增加活动的创意。

狮子座的团队是不二的人选，但首先马丁必须确保狮子座的状态。他可不希望部下因为感情问题而影响工作。

就算是林副总编的爱女也不例外。

马丁把所有的资料一式两份发给了参加会议的中层管理人员："这是马丁传播最大的一个项目，我志在必得，所有部门要精诚团结，人员随机调配，今天开始正式进入倒计时，我要一份完美的具有 100% 可操作性的方案进行投标。"

"这是我抽调的员工名单。从今天开始这些员工成立项目小组。"

出乎众人意料的是，这次的组长是 MAY，副组长是狮子座。

众人都以为在万人相亲活动圆满成功之后，背景颇深的狮子座理应成为这次的主导者。但是，老谋深算的马丁心里不这么认为。这个小组名单可谓一箭双雕，一来稳定了 MAY 的军心，二来又很好地牵制了风头渐长的狮子座。他拿捏狮子座的脾气很到火候，知道小小的挫败感反而会让这个年轻人提前进入备战阶段。

他看着狮子座眼里惊讶之余的那一份不示弱，想着自己的这着棋许是没有走错。

散会后，马丁格外留下了狮子座："我还是那句话，团队合作最重要，最近你的部门有太多分散工作注意力的事情，你好好处理。"

她虽心有不甘，却只能点头。回到办公室的时候，下属告诉她，温州活动原定的执行者突然病了，现在不知道该让谁去。

她烦躁地透过落地玻璃看到了双鱼座笑着给小陈递茶水。

不一会儿，双鱼座就草草地收拾了桌子。同事笑着说："下班点还没到呢，今天那么早开溜？"

"出差，去温州。"

大家了然于心，朝狮子座的方向撇撇嘴，拍着双鱼座的肩膀打趣道："哥们真惨，所以女人得罪不起啊。"

双鱼座苦笑，的确是得罪不起。但他在等待，等待狮子座有一天厌倦了，他也就解脱了。

他还没走几步，手机便响了。竟然是狮子座打来的。自从那次之后，他们心照不宣地不再直接说话，双鱼座汇报工作改成了以邮件形式，狮子座下达命令也由别人传达。

双鱼座讶异地接起来。

"温州活动执行完后，立刻得回到公司，公司成立了一个项目

53

组，你是其中的成员，定在明天晚上 8 点钟开会。"

双鱼座呆了一下，怎么算也不可能准点出席了。她定是又在刁难他了，他忽然觉得这个女上司真的很好笑，就和小孩子置气似的，没完没了起来。

双鱼座"哦"了一声，也不想再为自己争取一些缓冲的时间，径自走进了电梯。

"温州好像天气有点冷，你注意点。"狮子座也不知道哪里来的勇气，居然在结束通话前加了一句关心的话，说完她自己都有些后悔，急急挂了电话。

话并没有传到双鱼座的耳里。那时候他进了电梯，他只听到她说了"温州"两个字，信号就全然没有了，心想肯定又是一些挑衅的话，不听也罢。

本来这趟出差就是一个体力活，难度并没有。只是从北京回来以后，双鱼座也没怎么休息好，所以抵抗力有所下降，加上温州果然气温要低一些，走时又很匆忙，这一下竟真感冒了。

一路搓揉着鼻子，颠簸着回到了公司，双鱼座感到脑袋越来越疼，冲进会议室的时候他没站稳，竟然一个趔趄就摔了，整个人扑在了桌子上。

"开场很吸引人啊。"MAY 看到这就是近来八卦里的男主角，当然免不了当着狮子座的面挖苦几句。

双鱼座连声说着抱歉，鼻音很重，惹得狮子座心焦地看着他。这细微的举动哪里逃得过 MAY 的眼睛，像是抓到了狮子座的把柄，她冲着狮子座挑衅地笑着。

散会后，双鱼座回到自己的位置上准备收拾东西，他低着头，感冒让他的听力也下降了不少。

狮子座走过双鱼座的身边，往他的桌子上放了一罐泡腾片："这个提高抵抗力。"

他没有听出来是谁，只淡淡地说："不用了，谢谢。"抬头的时候，却看见狮子座涨得通红的脸，他刚想解释一下，狮子座已经扭头羞愤地离开了。

想着双鱼座的拒绝，狮子座就满肚子委屈，然后委屈就渐渐上升为气愤。她重新折回双鱼座的位置，重重地摔给他一个文件夹，这是开会所有的文件资料，还有目标大客户的名单。

双鱼座要做的事情听上去很简单：搞到联系方式。但事实上这是一件非常棘手的任务。这些公司都是鼎鼎有名的企业，要搜到一个对外的电话当然非常容易。但是马丁的任务是：直捣黄龙，必须要公司负责人的电话。

在狮子座和MAY两个部门的联合策划下，这场3C公司的战略升级预热活动会有一个非常私密的酒会，所邀请的全部是3C核心客户，在这个酒会中，3C会把战略调整后的方案透露给这些客户，再附加一些看似不错的条件进行安抚，稳定住自己的主要客户，其他的小鱼小虾对付起来就游刃有余了许多。

就算是马丁也无法收集所有的客户名单，但这件事情偏偏就从马丁转到了狮子座，再经由狮子座的恶作剧到了双鱼座手中。

"一个一个找出来。"狮子座赌气地想着双鱼座在之后的日子里将会每天挠头皱眉地去挖掘一组组11个数字，他肯定会挫败，然后投降。她乐得见他向自己低头示弱。

双鱼座看到狮子座眼里闪过报复后的快感，并没有过多的愤怒。他已经习惯了她的捉弄和刁难，就连会议室那次他都忍了下来，所以他已经无所谓了。

大概就是这种无所谓的态度，才会让狮子座备感受挫，于是在受挫之后又发动攻击。同事对双鱼座的遭遇多为同情，同时又再次坚定不能招惹狮子座，他们生怕哪一天她的这把怒火波及自己。

他们一边安慰着双鱼座，一边又总是在狮子座刁难双鱼座的同时，顺水推舟一把。

双鱼座的上一个公司是本地比较出名的公关公司——涵天国际。找到一些特定人物的电话其实有一定的窍门，用了一周的时间，名单上20个客户，搞定了五个。离狮子座规定的时间还有五天，剩下的15个确实很棘手。

喝酒大概算是一项公关技能，下班后，双鱼座匆匆收拾了一下东西，联系上了一个旧同事卓久怡，在本地较知名的酒吧里小坐。

卓久怡是涵天国际非常资深的媒介公关，一个精明的上海女人。双鱼座和她交情倒也还可以，双鱼座刚到涵天国际的时候，卓久怡也算是他的师傅。

卓久怡最喜欢泡吧，她总说年轻人多的地方能给她灵感。所以双鱼座约她到旅行者酒吧的时候，她倒是一口应允，没有片刻迟疑。

酒过三巡，主题终于从双鱼座的口中吐了出来。

"哦，怪不得你这大才子会来找我这半老徐娘喝酒呢，选一个这么有情调的酒吧，我还以为你真想约我呢！"虽然不是第一次公关，但是卓久怡的调情还是让双鱼座尴尬了小一阵子。

"就是这些吗？名单那么杂乱，各行各业都有，你现在不会是贩卖客户信息的狗仔了吧？"卓久怡接过双鱼座的信封，笑着说，"三天吧，80%的号码我会给你。谢谢你的酒。"

卓久怡端起酒杯轻轻抿了一口："时间不早了呢。"她婀娜地离开旅行者，双鱼座立刻跟上，替她拦了辆的士。

卓久怡坐进车子里，从包里掏出了信封，名单的后面夹着一张思妍丽的白金卡。她轻笑着对司机说："去步行街的思妍丽。"

想着一个人做美容着实孤单，她掏出手机又邀了一个。

三天后，双鱼座的邮箱果然收到了匿名邮件，12个手机号码。他松了口气，整理了一份后，敲了狮子座办公室的门。

"进来吧。"这边的狮子座正等着双鱼座的求救，眼看着离规定的时间还有两天，双鱼座的敲门声让狮子座按捺不住得逞后的喜悦。

"林主管，这份是17个号码，还有3个跨国公司的，实在无法搞定。"

狮子座难以置信，双鱼座居然还真找到了几乎全部的手机号码，她真想问一句：你到底是怎么搞到的？

但是满心的疑问她还是硬生生吞了下去，只是从传真机里拿出了另一份通讯录："也不知道你这号码对不对，你拿去对一遍吧。"

这份号码是3C市场部直接发送过来的。双鱼座诧异地看着两份名单，尽管号码完全正确，但也不足以安抚双鱼座内心的愤怒。他花了整整两周的时间，周旋在各色公关人员之间，酒喝了不少，吐了不少，花了不少本钱，这些都不重要，重要的是，现在他感觉狮子座简直幼稚到不分场合，肆意妄为。

他扭头就走，关门声有些大，惊到了狮子座。她有些害怕，感觉自己把他惹怒了。下午的项目跟进会，他的脸一直板着，眼光从未落在她身上过，就连她在台上说话，他也不屑抬头。

"好，现在最重要的是把这些客户邀请过来，用一个吸引人但又能让他们放下防备的说辞。"马丁最后进行了部署。

"说辞我已经设计好了。"MAY打开了投影仪，四款说辞用幻灯片一一放过，包括客户的追问和回答都一应俱全，获得了马丁的欢心。

剩下的日子里，就是邀约。邀约的工作落到了四个人的身上，马丁、MAY、狮子座，第四人是双鱼座。这是狮子座力荐的人，在马丁面前，狮子座还是不吝啬对双鱼座的褒奖，听得旁边的MAY时不时暧昧不清地看着狮子座，嘴角的笑容甜甜地挂着："既然小谭的工作那么出色，还搞来了那么多机密号码，那就也请他一起加入吧。"

看着两位女将都极力推荐，马丁也应允了第四个人的加入。邀约大致分为三个步骤，先是初步的电话联系，沟通和确定时间，第二步是上门送请柬，而特别的几个贵宾则需要3C的高层亲自出马。

重点在于，首先不能让宾客知道真实的目的；其次不要让宾客互相打听都有谁到场，以免在这种敏感期里，他们彼此结盟。

电话沟通的事儿由狮子座和双鱼座一起完成，这当然也是狮子座的安排。他们在封闭的电话室里，四目相对却没有更多的交流。

"你先打一个吧。"狮子座发号施令，双鱼座拿起电话。

第一个电话轻松完成。狮子座闭目享受着双鱼座温柔的声音在空气里蔓延。现下的电话室里，只有他们两个人，一切仿佛回到那次相亲活动的录音期里。她抬眼望着他，光线恰好勾勒出双鱼座的侧脸，过于密长的睫毛微微地颤动，她心里浮起一层甜蜜。

上午的时光过得异常安静，顺利地打完了八通电话。狮子座拍拍手，许久以来第一次竖起拇指。

双鱼座有些错愕，看着她离开。

下午的时候，还有一半的电话没有打，剩下的人里有五个比较重要的人物。狮子座没有动静，双鱼座猜她大概又要刁难自己了。

他无奈地拾起电话，快速地拨出号码，一串铃声之后，是一个空洞的客服声："对不起，您拨打的电话暂时无人接听。"随后是绵长的沉寂。

第二个，如出一辙。

第三个，照旧如此。

双鱼座的眉头微微皱起，有一丝不好的预感从心里浮起。

第四个电话对方直接挂断。

······

"像全部说好似的，只有三个人说明后天或许有时间，其他的都没有应答。"双鱼座向狮子座汇报目前的进展。

狮子座也没在意，那份名单里好些人都是自己从小就在饭桌上遇到的叔叔伯伯，搞定他们不过是分分钟的事情。她端着架子对双鱼座正色道："早上我还夸你，没想到下午就掉链子了。"

声音轻飘飘的，充满了戏谑，双鱼座像是已经知道自己会被狮子座挖苦，做好了心理准备等着她继续数落。没料，狮子座却说："剩下的这五个人，我来搞定吧，你去马总那边拿五张请柬。"

双鱼座拿来请柬，交给狮子座，然后有些不确定地追问是否真的不需要自己参与，得到确定的回复后，他终于在这连日来的被挑衅中准点下班。

离答谢会还有最后两天。狮子座一边要忙着送请柬，一边还要和 MAY 一起准备当天的议程。本来两个人就水火不相容，一起共事更少不了摩擦，这样心力交瘁地熬到了最后一天，手上还有一张请柬没有送出。

这张请柬的对象是房地产公司总经理张伟达，狮子座父亲的一个老朋友。据传他前天还在巴黎，今天晚上 10 点到杭州。下班后狮子座就飞速地赶往机场，整整在机场守候了两个小时，张伟达还没有现身。

无奈之余，狮子座只能如此。第二天早上 8 点，手机里传来了张伟达的回复。得知确定前来后，她匆匆赶往张伟达的写字楼，送上了请柬。

对方笑着问："这事儿和你父亲他们报社有多少关系？"

"没有的，单纯是我自己在的公司接了 3C 的委托。"

张伟达笑着不语，把狮子座送到了楼下。答谢会在中午 12 点，本来狮子座想直接把这尊佛带回酒会现场，谁知对方愣是要等下再来。狮子座心想人家总要端端架子，坐自己的小 MINI 去参加酒会也彰显不出身份，没有多想，她就往现场赶，还有最后的彩排要亲自盯一下。

中午 12 点，3C 董事长的悍马到了。酒会还有八分钟就要开始了。筹备间里，马丁正怒不可遏地将文件夹劈头盖脸地砸向双鱼座："你干的好事！"

现场只有寥寥的 10 个宾客，其余那五个特别关注的一个没来。MAY 火急火燎地挂了电话，赶到马丁身边："都说没收到请柬。现在正在通过 3C 董事长秘书联络中，12 点 08 分就要到了。"

酒会现场彩排结束后，狮子座走到筹备间，电话刚好响起，张伟达抱歉的声音从听筒里传来，接着她尴尬地看着筹备间面红耳赤的马丁和冷眼看向自己的双鱼座。

一时之间她不知道如何解释。

12 点 08 分，一辆别克商务车停在酒会门口。车子里走下来一位男子，自称张伟达公司的律师，代表张伟达前来。

酒会在 3C 董事长压抑的祝词中开始，气氛冷到僵。每个宾客手中都有一份机密函，写着 3C 的新战略计划。众人的面部神经紧绷，破弦在即。

那个从别克车里下来的男子此时走到台上，拿出一份联名委

游泳的狮子，

托函，当着众人的面表示受到五家公司的委托，决定终止和3C的合作。

这冷不丁的一幕引来众人喧哗。台下坐着的也按捺不住，提出要终止合作。

狮子座几乎忘了最后是怎么结束的这场酒会。只记得双鱼座冰冷的眼神，和马丁对着他破口大骂。

狮子座发现双鱼座的神情里有了不同往日的冷漠，她心慌意乱，不敢再与他对视，只好别过脸看着马丁。

骤然间，双鱼座竟有了一种解脱的感觉，一切都该结束了吧。

马丁把双鱼座叫到了自己的办公室。双鱼座出来的时候，发现狮子座一直在门口等着。双鱼座从她身边擦肩而过，权当没有发现她的存在。狮子座想解释，但又不知道该从哪里解释，她一直在捉弄他，这一次他能相信其实她不是故意的吗？

她真的有联系这些客户，她也真的邀请了张伟达，但是为什么会变成这样，是她没有注意措辞，还是她把事情想得太简单了？

无论如何，她也不想让双鱼座把她想象成非常恶劣爱耍心机的人。狮子座跟着双鱼座走到他的位置上，眼巴巴地看着他麻利地收拾东西。她不敢想象他要干吗，又紧紧地跟着他走出门口走向电梯。

双鱼座拦住了她："你闹够了吧。"

电梯合上了，一切都终止了。她觉得鼻头酸酸的，立刻冲进洗手间，不断地拿水拍脸，重新抬头的时候，脸上湿湿的，她不相信这就是眼泪。

隔日，狮子座就病倒了。母亲忙前忙后叨叨她不珍惜身体，女孩子就不应该那么拼命工作。她不准狮子座接电话，把手机藏得好好的，盯着她静养两天。

老人家从她不应该拼命三郎开始念叨，然后就把话题带到了她现在还单身，怕自己这个独女真的成了白骨精没人要了。说着说着，母亲便激动起来，说自己年轻的时候什么都只争第一，现在连抱外孙这么简单的事情都输给别人好大一截，说到动情处，居然还真的挤出了眼泪。

狮子座好笑地看着母亲的表演："妈，你又有什么吩咐？"

"相亲好不好？"

"又提！"狮子座就差从被窝里跳了起来。自从工作之后，明里暗里母亲不知道提过多少次相亲，好像她真的会嫁不出去，最可笑的是有段时间她每次下班回家，家里都会突然多出一个陌生男子，然后是母亲在一边挤眉弄眼地笑。

时间久了，她便养着了赖在单位里过了饭点回家的习惯，这一次也不知道母亲又受了什么刺激。

"妈，我说过了不要相亲的！"

"那就继续休息吧。"

她好笑地看着母亲，难道不去相亲就不能工作了？

"那不工作谁养我啊？"

"都养了 20 多年了，不差这几年。你就不要工作了，等着我们安排你结婚、生孩子好了，我们家庭条件又不差，你那么拼命真不知道干吗。你是男人吗？需要你来攒老婆本吗？"

她哪里受得了母亲在家的唠叨，只好投降说："我去还不行吗？"

"真乖，要不要喝银耳汤啊？润嗓子的，你这两天嗓子都哑了，本来我们囡囡也是百灵鸟啊。"以前听到母亲这番话，她肯定会蒙上被子装吐了，这会儿却不知道是不是嗓子好听触到了她，顺势就想到了双鱼座，眼泪就忽然下来了。

母亲看见急坏了，也不知道自己哪里说得不对，只好又怪到工作上："都是工作闹的，压力大的话就别做了，好不好？"

她一边哭一边稀里糊涂地点着头，然后听到母亲拍着她的背："那我们就去辞职好不好？"

狮子座紧张了一下，有一丝担忧拂过心头："妈，我今天感觉挺好的。公司有好多事儿，我先走了噢。"

她猛地从床上跳起，麻利地冲进洗手间洗漱换衣，顾不得母亲在身后喊着："那今天还相亲吗？"

狮子座来到公司，大敞间里大家都显得很忙碌，3C 公司的项目失败之后，对方对马丁传播进行了大量的索赔。有传言马丁准备大裁员，搞得公司上下都人心惶惶，不管手上是否真的有事儿，一个个都装成忙碌状，就怕丢了饭碗。

她看到双鱼座位置上干干净净，独独电脑屏幕还是亮着，心里便放心了许多。听见自己办公室里的电话响着，她就走进去接了起来。

"怎么样，身体好些了没有啊？"

是马丁的电话，她一边应承着说好了很多，一边透过玻璃往外看去。

她看见小陈忙碌地拿着办公用品往双鱼座的位置上摆，她听到电话里马丁说："他辞职了。"她的脑袋嗡嗡作响，什么也听不进去，颓然靠在椅子上。

双鱼座辞职了，是她逼走的他。他辞职的时候，连和她打个照面都没有，就像他们从来就没有认识过一样，他就这么从她的视线里消失了。

狮子座不知道自己是怎么熬过这一天的，她拖着疲惫的身体走出写字楼，母亲在楼下兴奋地挥舞着双臂。

"囡囡。"她顺着母亲的声音看去，目光落到了母亲边上的西装男身上，"来来来，我给你介绍，这是小周，周伯伯家的儿子，刚从国外回来的。我担心你身体不好，恰好就遇到小周了，就让他载我过来看你。"

老人家一通谎话就这么顺溜地说了下来，末了偷偷看着女儿的脸色，一边又紧紧地抓住她的手，生怕她当场逃走。

"你好。"西装男伸出手，她也不能太没礼貌，只好伸出手草草一握，算是打了照面。

"哦，对了，你爸爸有个饭局，我要过去了。"

她就猜到会有这么一手，然后母亲该说：那就麻烦小周送你回家吧。

"那就麻烦小周走一趟了。"

还没等母亲说完，狮子座就大咧咧地走过去拉开了车门，一头坐了进去。

"阿姨真有意思。"

狮子座哑然一笑，她哪里有心思应付母亲安排的相亲活动，手里攥着手机，号码早就拨好了，就差没有按键了。

"你一直拿着手机在等救兵吗？"对方倒是很细心，"如果今天不方便的话，我们改日再约好了。"本来他也没这心思，要不是家里老催着，他也不乐意来这一场计划好的邂逅。

"就今天吧，改日就更不方便了。"狮子座一点也不客气，指挥着对方把车停在了附近的茶室。

"我叫周伟，现在还只是律师事务所的助理而已。你不介绍一下你自己吗？"周伟看着狮子座一副心不在焉的样子，倒是觉得挺有意思的，比自己还排斥相亲的人她是第一个。

"我没什么可介绍的，我妈肯定和你说很多了。我就想说一句。"狮子座喝了一口茶，嗓子要命地疼。

"我对相亲一点兴趣也没有！"

他们异口同声，她错愕地看着他。他笑得很开心："这是我以前的台词，我是狮子座的，脾气不太好。"

狮子座点点头："我知道。"

周伟笑着说："为什么你会知道我脾气不大好？"

"好吧，老实讲，我们恰好是同一个星座的！"狮子座摊摊手说，"所以我脾气也不好，和我一起我们铁定吵翻天。"

"哈哈，如果你指的吵翻天只是动嘴皮子的话。"周伟的话说了一半，挑着眉抿了口茶说，"不才恰好是个律师。"

她被对方这态度激得也直接反驳道："助理而已嘛。"

瞬间，周伟被狮子座逗得哈哈大笑。这实在是一个有意思的女孩，他打量着她，利落的短发衬得她就像是个精灵，他忽然有一种被人撞进心扉的感觉。但是看着面前的人两眼直直地盯着面前的茶杯，周伟想着也许不宜过急。

"你好像挺不乐意和我一起的嘛，那我先送你回家吧。"对方倒是很大方，并不在乎她现在这副态度，这倒让狮子座有些愧疚起来，目前为止她对这个男狮子并无坏印象。

下车前，周伟给她拉开车门，侧脸看过去竟和双鱼座有那么几分神似。

"我欠你一顿相亲饭。下次我再来约你。"

狮子座看着他笑着开走，觉得这个人的确很有趣，一路上他尽说些冷笑话，一个人说着单口相声倒也颇有诚意。

　　只是现在，她真的提不起一点兴趣。回家的时候母亲缠着她问东问西，她只能不断搪塞"还可以"，就怕一句不满意招来下一个。

　　她是真没心思在这上面，换句话说，她的心思都被双鱼座带走了。

　　月亮主宰着人的情感和潜意识，我闺蜜狮子座的月亮也是在狮子座的第七宫。这样的人对情感很执着，而且有些专断。对于感情，狮子座是相当以自我为中心、缺乏客观，容易固执己见的她可能会做出一些操控别人、给人施加压力又感情用事的举动。

　　所以当她自己内心感到受挫的时候，一贯的优越感往往让她难以接受。于是她就会想方设法地去挽回自己的"自尊"，找到胜利的感觉。但是感情并不是战场，她这样屡屡的挑衅往往只能适得其反。

　　根据双鱼座的表现，我猜测他是一个月亮落在双子座的人。这样的人特别容易适应周边环境，有点逆来顺受的感觉。所以起初双鱼座并没有太多的厌烦，年长一些的他倒是有些纵容狮子座这样的挑衅，权当是狮子座的幼稚。但是千万不要挑战双鱼的极限。

　　双鱼座是对感情格外理性的人，也就是说，一旦触及他的极限，他的心就是铁打的，再想让他改观就难了。所以最终的结果是，双鱼座受够了狮子座的捉弄，尽管这中间带着误会，但是也无济于事了。

扑火的鱼

第三章

谷 雨

　　狮子座休假了。请假加年休连头掐尾她足足休了大半个月。她的状态很差，她需要时间调整，她更需要时间去找到双鱼座。

　　"对不起，您所拨打的电话已关机。"

　　一连好几天，她都无法联系上双鱼座。这串曾经在狮子座心里默念成百上千遍的数字，现在显得毫无意义。

　　狮子座去查邮件，她记得当时双鱼座是写过联系地址的。果不其然，他还留了自己的暂居地。

　　她紧张地敲着门，不知道他开门时会是什么表情。

　　"哪位啊？"

　　她失望了，这声音一听便不是双鱼座。她在门外告诉对方，自己是来找双鱼座，她是他的……她顿了顿，说："我是他朋友。"

　　"朋友？"对方诧异着，在他们那里，朋友有时候也有另一种解读。"我是他朋友"，其实也可以理解成"我是他女朋友"。少了一个"的"，意思大不相同。

对方打开门，看到狮子座的时候，嘴巴成了"O"型，随后惊奇地在门外大叫："怎么是你啊？"

狮子座尴尬地看着黄笠，想到刚才自己居然口口声声说是双鱼座朋友，一下子就不知道该怎么解释。

"快，快进来。"黄笠很热情，拉着狮子座就往屋里拽。

这是一个非常干净的二居室，一点儿也不像两个男人合租的地方。"我这里还算干净吧。"黄笠笑笑说，这都全仰仗双鱼座特别爱干净，每天的兴趣就是收拾屋子，久而久之黄笠自己也被熏陶成了一个爱收拾的居家男。

黄笠问狮子座，要不要喝点什么，这里还有他和双鱼座老家的米酒。

"我都忘了你们是老乡了。"

"嗯，我们虽然不是一个高中，但是在我们镇上，他也算是风云人物了。他从小就是爸妈口中的那种模范小孩，谁家都说老谭家有个长进的大儿子。"

狮子座知道双鱼座是个很优秀的人，不然自己也不会就和他较上了劲。

"其实他是个很有思想的人，脑子里有很多点子，可能是才进入马丁传播不久，还没完全适应过来吧。"黄笠悄悄地看着狮子座，迟疑了一会儿，还是把心里的话说了出来，"为什么他要辞职呢？他轻易不会放弃工作的。"

狮子座想到有一次，她当着那么多人的面激他，请他走人，他都没有任何反驳，第二天照旧上班。

她一开始觉得他没什么骨气，后来又觉得可能他是用这种方式来缓和两个人的气氛，她想不出黄笠口中的双鱼座为什么"轻易不会放弃工作"。

但有一点狮子座内心是明确的，这一次，双鱼座真的是受够了。是她害得他没有继续在马丁传播工作，马丁已经不想再录用他了，更让她难过的是，她曾经当众说他职业道德有问题，这话传到了马丁耳中，也成为最终不再挽留的最大原因。

可是双鱼座哪里有什么职业道德的问题！这事情她心里是很清楚的。当初双鱼座来面试，她就对他简历里的病毒营销案例很感兴趣，那个很成功的策划按理说会让双鱼座在原来的公司站稳脚跟，为什么突然又需要来马丁传播应聘呢？

所幸那个案子的客户狮子座也有过接触，才知道这又是另一个公司高层间钩心斗角波及员工的故事。双鱼座大概是站错了队，成绩太过出色，便成了第一个中枪的人。

她只是一时气愤，拿着话柄想要刺激他而已。

没想到事情发展成了这样。

"现在公司上下都说他是被开除的，还说他和上一任公司的公关过从甚密，透露了这次活动的客户资料。"黄笠的口气有些埋怨，"你应该清楚他不会这样。"

狮子座垂着头，感觉自己彻头彻尾就是一个罪人。她从黄笠有些埋怨的口气里体会到了双鱼座的委屈和绝望。

狮子座觉得，被自己喜欢的人讨厌，真是世界上最糟糕的事情。可是她还能挽回吗？她攥着黄笠写的地址，那上面是双鱼座老家的地址，樊城，她从来没去过的陌生地方。

如果不是双鱼座，她这辈子可能都不知道有这么一个地方。之前因为双鱼座，她特地查了一下樊城，才知道这是长江支流边上的一个山城。

扑火的鱼

古老的汉江在这里穿城而过，把樊城一分为二。汉江在上游的时候，隐匿在川陕之间的峡谷里，顺势倾斜，声若琴瑟，及至平原地区水流才渐渐趋缓，到了樊城便是一片广阔的水域。

在这里高处临眺，视野极广，心情便会豁然开朗。倘若泛舟于江上，便能在这平静的水面上获得片刻的休憩，自是一番怡人之景。

那时候她就想，以后如果双鱼座带着自己回樊城，泛舟江上数三国英雄，那画面怕是要羡慕死众人了。

只是现在，狮子座孤身一人搭上前往武汉的飞机，只为了让那个心仪的人能够原谅自己的过错，哪还有什么领略无限风光的心情。

真是天差地别。

到樊城没有别的办法，飞机不到这里，只能从武汉再转到樊城。乘飞机倒是很顺利，难得准点抵达武汉。只是从武汉到樊城的过程让狮子座开始慌张了。

她拖着行李箱，在火车站的门口便不敢进去了。这是她第一次见到这么拥挤的火车站，后来才想起来，临近五一了，她赶上了"次春运"。

狮子座想象着双鱼座每年回家，便是要在这个南北口音混杂的地方中转。在拥挤的人潮中护着自己的行李箱，不在乎别人的大包正在自己的头顶，也不在乎行李箱的尖角正堵着自己的背。

她只能从票贩子手中弄到一张临时的慢车车票，途经樊城。黄笠短信告诉她，她已经很幸运了，有时候他们没有票，只能在火车站蹲一晚上，再坐零点的车回家。

坐慢车的痛苦，并不在车速很慢。人在车上，坐久了也就觉察不到慢和快了，毕竟火车总比人跑得快。痛苦来自于拥挤的车厢、吵闹的小孩，还有时不时的中途停车。

游泳的狮子，

72

一停就是一小时。

狮子座一开始还保持着直挺挺的坐姿，她总觉得那个椅背很脏，绿油油的，泛着油渍，但是四个小时下来，狮子座实在扛不住了，到第五个小时的时候，樊城终于到了。

她出门的时候还是大白天，阳光很刺眼；到的时候竟然已经是夜晚了，樊城的空气倒是挺清爽。

她深深地吸了一口气，感受到自己和双鱼座又在一个地方了，便觉得有些兴奋。

双鱼座的家在太平镇，太平镇是一个废弃的工业区，这个地方离火车站还有一个小时路程。

"所以晚上到了樊城后，就不要去了，先住一晚，等白天再坐车过去。"黄笠好心地提醒狮子座。

狮子座哪里等得及明天，她一出站就拦了一辆车，直奔太平镇。

下车的时候，她真的被眼前的景况吓到了。不过才晚上8点多，这地方已经黑灯瞎火，唯有几间民宅稀稀拉拉地闪着零星的灯光。借着稀疏的灯光，这地方的破旧就这么遮遮掩掩地暴露在了狮子座的眼前。

没有水泥墙的红砖房在灯光下静谧地伫立着，她浑身泛起了鸡皮疙瘩，恐惧开始蔓延。

黄笠在电话里指挥了狮子座半天，毫无方向感的她居然又回到了起点。

"算了，你联系他吧，这个点也应该在家里了。"他报了一串数字，是她从来没有听过的，就像这个地方她也从来没有来过。

她心里空空的，面对着陌生的地方，拨着一个陌生的号码，就连电话里的那一声"你好"，她都觉得很不真切。

"我是……"

"我知道。"

双鱼座没法不记住这个声音，这个总在办公室刁难他的大小姐居然又弄到了他的新号码。他心里想着肯定是黄笠干的好事，便准备在网上斥责一番。

哪知道，黄笠抢先发来了一句话：她在太平镇。

双鱼座忽然不知道该在电话里说什么。他们各自沉默了好一会儿，她才吞吞吐吐地告诉他，她迷路了。

他也不知道哪里来的心灵感应，很快就找到了狮子座。她在昏暗的路灯下，形单影只，那股女强人的气场全然消失。

站在双鱼座面前的狮子座，正温顺地低着头，她双手拧着，有些无措。其实他心里有闪过一丝心疼的感觉，但是看到她衣着姣好的模样，和这空旷而残破的小镇一比较，他立刻就清醒了很多。

双鱼座拉着狮子座的手，往回走。

狮子座起码还明白这并不是进去的方向，而是打道回府的方向。她顿时就大力挥开了他的手："你干吗？"

她辛辛苦苦地来，还没真正迈进他生活的这个小镇，他就要赶她走了吗？她就那么招他嫌弃，连请她回家坐坐都不愿意吗？

"你就这么对待客人？"她有些咄咄逼人，其实是心里真的急了。

双鱼座懊悔自己怎么就突然对她有了怜悯心疼的情绪了呢，她的尖牙利爪分明还在，她是追着他来看他现在这副落魄的样子吗？

这人真是任性到令人发笑了。

"你笑什么！"狮子座本来是等着双鱼座的邀请，他非但不请她，还从鼻息间发出了轻微的、轻蔑的笑声。

双鱼座没吭声，他伸手去拿狮子座的行李，狮子座反射性地拉着行李箱往后一躲，双鱼座便不再行动。

他们僵持着，狮子座小小的鼻孔翕动着，极力压制着怒气。双鱼座不动声色地看着狮子座，最后还是他张口说道：

"我送你回市区吧。"

"不行。"狮子座果断地拒绝，"我一个人来一个人走。"她气呼呼地拉着行李箱往回走，每一步都迈得很大，她要赶紧逃离这个地方，她怕她又忽然不争气就这么流下眼泪。

狮子座听着他往自己跑来的脚步声，然后眼睁睁看着他抢过了行李，对她说："白天再走吧。"她心里做了一个"V"的手势，嘴上还是不服输："那好吧。"听着口气好似很勉强，双鱼座蹙眉，不再多说一句。

当双鱼座带着她七拐八弯进入一幢红砖房的时候，她还是有些愕然。她想过他们家应该条件很困难，她也感觉到了太平镇里每一家的境况都不甚良好。

但是她真没有想过，在这个小镇的最深处，独独矗着一幢连水泥墙都没有的平房。她有所迟疑，又生怕自己的脸上流露出异样的表情。

双鱼座心里其实泛着一丝酸楚，他在职场上被她打压，现在又不得不把自己生活中最破败的一面展现给她看。

"进来吧。"他拉开木门，上面的纱帘都是小洞，角上还掀起了很大一个片，门框"吱吱"地发出声音。她还从没有听过这样的声音，于是微微皱了皱眉。

狮子座这细微的动作，双鱼座看得清清楚楚，他不得不自嘲一下："我家很破。"

她探头往屋子里瞧，灰色泥墙上糊着报纸，整个屋子很空，除了一些简单的旧家具外，唯一值钱的就是一台电视机和双鱼座摆在客厅茶几上的笔记本电脑。

"还好，古朴风格。"明明是谎话，她却说得格外镇定。他觉得她也还有一些通情理的地方，起码没有在这个时候刻意挖苦他。

也不知道从什么时候起，他开始提防她，总担心看到她对着他张开双唇，然后蹦出一些不中听的话。

双鱼座没想过能和狮子座成为特别亲近的朋友，毕竟她是自己的上司，但他也没想过最后他们的关系会如此紧张、敏感，一点细微的动静都会成为一场争吵的开端。

他带狮子座走进了客厅，父母正坐在客厅里说话，见到儿子带了个陌生女孩回家，一时之间都安静了下来。这会儿在客厅里还坐着另一个女孩。

那女孩正上下打量着狮子座，狮子座不知道她的身份，看着她肤色白皙，长得也很甜美，坐在鱼母的身边，姿态亲昵，心想可能是妹妹吧。

"爸，妈，这是我单位的领导。"

这句话打破了屋子里本来的尴尬气氛，众人皆舒心一笑，唯独狮子座感到浑身不通畅。

"哦哦，是领导啊，真年轻，来来来，赶紧坐。屋里乱，你不要介意啊。"鱼母很热络地腾出自己的位置，两个女孩子坐在一块儿，不动声色地相互打量。

这边双鱼座被母亲拉到里屋。

"这个城里来的领导来屋里干吗？"

"哦，顺路过来看看的，您可别乱想。"双鱼座想着母亲可能有些误会，毕竟他离家工作那么久，从来没有带女孩子回家过。

游泳的狮子，

76

"哦，真没什么就好。我就怕月月看了不高兴，你也知道你不在的时候，多亏了月月帮忙……"母亲开始叨叨起来。

"行啦，妈妈。我知道，月月很好，很感谢她，所以回来就请她到家里吃个饭。那现在屋里不还坐着我领导嘛。"双鱼座把狮子座带回家的时候，就在考虑今天晚上狮子座该睡哪里，想来自己家里可没什么空房间，只好想想办法，自己在客厅里搭个地铺。

他让母亲帮他一起找被褥。

客厅里，鱼父面对两个女孩子不知道该说什么，于是急急喊着双鱼座的名字。

"叔叔，怎么了，有事儿您喊我就行。"

狮子座听见那姑娘居然叫鱼父为叔叔，脸色立刻就变了，既然不是兄妹，那她又是谁呢？这么晚了还待在双鱼座的家里不走？

"哦，没事儿，我是想着领导在呢，这小子怎么管自己去屋里了。"鱼父很不好意思地看着狮子座，把茶几前仅有的一个苹果移到了狮子座面前，"领导，要不您吃个水果。"

狮子座听着两个长辈一口一个领导地叫着自己，十分不好意思："叔叔，您不要叫我领导，叫我小林就好了。"

"哦哦，那林领导您吃水果。"这个淳朴的老人家还是固执地叫着，把狮子座弄得脸上一阵红，面前的苹果拿也不是，不拿又不是。

"来，我给你削。"苹果被另一个女孩拿走，她利落地从茶几抽屉里取出削皮刀，看这架势她对双鱼座的家里非常熟悉。

狮子座闻到一股浓浓的醋意，她知道自己是嫉妒了，嫉妒面前这个陌生女人对双鱼座家庭的熟悉。她更感到一丝愤愤不平，想着自己如果提前进入双鱼座的生活，也许今天那个拿出削皮刀的人就是自己。

她抢过刀，对着女孩说："我自己来。"尽管狮子座面带微笑，女孩还是体会到了她的不容拒绝。

狮子座哪里会用这种小孔状的削皮刀啊，她很认真地拿着刀片削着，每一下都只不过掉了一小块果皮，感觉边上的女孩发出了一声轻笑，她便下了重力，哪知道苹果就这么掉出了手心，滚了出去。

双鱼座刚收拾好房间走了出来，看见狮子座正蹲在他的脚边，他俯身捡起苹果，皱着眉打量着被削得坑坑洼洼的玩意儿："我来吧。"

狮子座没拒绝，挑衅地看着客厅里的那个女孩。

"这是楚月，我的同学。"

原来是同学啊，狮子座安心了。老同学串门，其实很正常的。

"月月，这是……"

"我知道，就是你那个上司。"楚月直接抢过了话，然后也看着狮子座，"时候不早了，我得回去休息了，叔叔阿姨你们也早点睡吧。"

她说完扶着鱼父往房间里走，狮子座也想上去帮忙，却被鱼母拦住了："领导你坐着，喝点水。"

她被鱼母拉回到位置上，乖乖地看着楚月和鱼母忙前忙后，她感觉自己恍若透明。

双鱼座削好了苹果，拿给狮子座："吃完就休息吧。"

这时候，楚月走了出来，一点也不客气地插着话："你家里哪里还有地儿睡？"

"我打个地铺吧。"双鱼座无奈地指着客厅，"就这里，被褥都弄好了，等下一铺就行。"

"不行，你感冒才好！"楚月看着狮子座，"他前阵子感冒了，

游泳的狮子

78

回家的时候坐了一夜的火车，又复发了，在家里休息了几天才好的。”

狮子座听罢，担忧地看向双鱼座，本来想关心几句，楚月却拉着她的手。她很想摆脱，当着双鱼座的面又不敢发作。

“你要不介意就睡我家里吧。我那儿地方比这里大一些，就在隔壁，也很近。”楚月转而用方言对着双鱼座说，“她是女的，你是男的。这里可不是大城市，传出去对她也不好。再说你家里那么小，我家里就我和我妈，房间还空着，比你这里方便多了。”

狮子座听着他们用方言交流，她听不懂也插不进嘴，只听到后来双鱼座对着楚月抱歉地笑着，然后朝着自己说：“月月那边都弄好了，你就凑合住一晚吧。”

“行，你也别送了，早点休息吧。我一定把领导照顾得好好的。”说完，还没等狮子座反应过来，楚月就拉着狮子座往自己家带。

“他父母不知道他辞职了，只当他是回家休息了。”一出双鱼座的门，楚月就像换了个人似的，对狮子座格外冷淡，拉着的手也早就收了回去。

“他回家那天喝了酒，醉得一塌糊涂，拉着我就说他受不了了。”

狮子座接受着楚月责怪的眼神，嘴唇翕动着想说点什么，却听见楚月自顾自地介绍起来：“我们从小就是邻居，一起长大，他的性格我比他父母都了解。他家里的情况你也看到了，他爸爸身体不好，没法工作，每个月也就那么点救济金。平时虽然我能帮上点忙，但是总归还是希望儿子在家里照顾的。”

“我们已经商量好了，这次回来后就不回去了，他在家里搞点小生意。”

楚月反复用着“我们”，好似在提醒狮子座。她听着楚月的话，想起那时候他说他来念他的故事。

那个青梅竹马的故事。

他说故事是编的，但现在青梅竹马就活生生地摆在眼前。一个宜室宜家的女孩，有着共同的教育背景，共同的成长环境，还说着狮子座怎么也听不懂的方言。

她辗转反侧，一夜都没睡踏实。

快早上7点的时候，她忽然惊醒，揉着眼睛环顾了四周好一会儿才反应过来，她在樊城，在双鱼座青梅竹马的家里。

她想到这点，便觉得这床长了刺，扎得人倦意全消。再也无法多待一秒钟，她匆匆下床。

"你起得这么早。"楚月正在准备早餐，见狮子座已经起床走了出来，就加快了手脚，"这里习惯早上喝粥，你要不嫌弃就一起用吧。"

"你不在这里用？"狮子座看着楚月拿着一锅粥往屋外走，好奇地叫住了她。

"这个是给叔叔阿姨准备的，我过去吃。"

狮子座一听，就捧着自己的碗筷跟了上去："那我也去。"

楚月扑哧笑出了声，觉得狮子座这样子和双鱼座那个调皮、任性的弟弟谭仲彦倒是很像。

从楚月家到双鱼座家里步行也不过五分钟，她们才走出几步，就看见双鱼座拖着行李走了过来。

"8点有车去市区，这会儿还赶得及。"双鱼座挥挥手，示意狮子座跟上。狮子座一动不动地站在那里，她这会儿感觉不到疲惫，小镇的早上，空气里带着青草的芳香很提神，让她精力一下子都汇聚起来。

她正酝酿着情绪，蓄势待发。

"怎么了？"双鱼座好奇地看着一点儿也没动静的狮子座。难道她还想留在这里？游戏难道还没结束吗？

"谁说我要走了？我是来度假的。"狮子座抢过双鱼座手中的行李，凭着记忆往双鱼座的家里走去。

双鱼座跑上前，用狮子座也没听过的严肃口气对她说："你玩够了没有？"

他说他没有时间陪她继续玩大小姐的游戏。

他说她真是太任性了。

他说他早上 6 点就去帮她联系了去市区的车子。

言语之间都是责备，一句一句抛向狮子座，好像要发泄自己多日来的怨气，他终于能向她说说自己对她的看法了。

狮子座想，他大概是真的不喜欢她。他身后站着楚月，端着一锅粥，那样子是一个贤妻良母应有的模样。

而她呢，用任性害他丢了养家糊口的工作，就算是她自己，也想不出他有什么理由可以不讨厌她。

她一句话也没有反驳，她垂着头，难得低眉顺眼的样子倒是吓到了双鱼座。想到那天，她蹲在桌脚啜泣的样子，那种无助也曾让他心疼不已。

当时的那一幕和眼前的狮子座重叠在一起，他心里泛起一丝不忍。

楚月轻轻拉了一下双鱼座的衣角，狮子座听见他说："吃过早饭再说吧。"他再次伸手拉着她的行李往家里拖。

双鱼座的父母去镇里的扶贫办了，只有三个人用餐，楚月坐在双鱼座和狮子座的中间，早餐期间，没有人说话。

她很快就吃完了，放下了碗筷，他听见她用几乎恳求的语气说："我能不能出去散个步再走？"

他点点头，说："那等下。"双鱼座还来不及把话说完，狮子座就溜出去了。她跑出屋外，发现自己真是越来越脆弱了，这么一点事儿竟然又想哭了。

狮子座赶紧抬头，她不想在这个陌生的地方流泪。她不知道，透过客厅里的窗户，双鱼座真真切切地看着她，看着她仰着头，看着她用手擦拭着眼角。

"她一个人没关系吗？"楚月问他。

他连忙别过脸："应该没问题吧。"

他们没有再说话，双鱼座钻进自己的屋子，支起画板。

狮子座不知道往哪个地方散步，她怕再迷路了，只好沿着一条笔直的小道走。边上都是闲聊晒太阳的老人，好奇地打量她，她便觉着很不好意思，加快了脚步。不一会儿，她竟然走到了扶贫办。

这时候，双鱼座的父母正从里面出来，她怕尴尬，便躲在一边。她看见他们愁眉苦脸地往家里走，觉得好奇：这个家庭的情况到底有多糟糕呢？她迈进了扶贫办。

"他们家是我们这里的老贫困户，他爸以前是画匠，车祸的时候手脚都受了伤，笔都提不起更不要说体力活了；前些年他爷爷还在世，家里为了给爷爷看病没少欠钱；他还有个弟弟谭仲彦快上高中了，这一家四口基本上全靠大儿子支撑。"

狮子座从扶贫办出来的时候，她感觉自己浑身都被针扎着，每一个看着她的眼神都仿佛带着憎恨。她走到双鱼座家的门口，这个一层的平房连水泥都没钱上，硬生生地露着红色砖头，看得人只觉得万分揪心。

"早前读书的学费是镇里给出的，加上这几年的医药费开支，总共还欠着二十来万。"她想着扶贫办主任的话，"您要有心，倒是给他们家里想想法子啊。"

她说自己是双鱼座公司的领导，想打听下双鱼座的家庭情况，公司也好想想办法。对方一听，便全盘说了双鱼座的情况。

她听后真想扇自己两个巴掌，她真的后悔了。

"怎么不进来？"双鱼座掀开门帘，看着呆立在门口的狮子座。

"对不起。"她的声音很轻，他心头一怔，假装没听见，给她开了门。

进门的时候，双鱼座妈妈正拿着手绢擦着眼角。狮子座明显感觉到屋子里的压抑气氛，她站得远远的，不知道是不是该走近一些。

楚月从厨房出来，正麻利地准备收拾餐具。她见状，就也上去想要帮忙，哪知道楚月冷冰冰地说了句："不用你帮忙。"

她愕然，虽然她心里明白楚月并不喜欢她，但是好歹之前的口气都还是好好的，没想到她变脸也那么快。

狮子座执拗地跟着楚月进了厨房，她倒不是非要来做这点家务活，她就想问问到底双鱼座家里又出了什么事儿。

"谭仲彦马上要考学校了，上学的钱家里还没有着落，现在谭仲彦又闹着想辍学。其实谭仲彦很聪明。阿姨刚才去了扶贫办，看样子钱是没法搞到了，而且以前的欠款好几家人都在催。"

她有些惆怅地说："本来他指望国庆的时候，再存点学费的。"

狮子座心里明白楚月的潜台词，她自知理亏，没有接话。

双鱼座进来问狮子座什么时候动身，他好给她联系车子。她竟生平第一次以哀求的口气对他说，自己要留下来。

"就让我留下来帮忙做点事情好不好？"

双鱼座摇摇头："你又能做点什么？"他内心有着很强的自尊心，平时包裹得很好。为了家里的欠债，他可以忍受很多东西，但是他不能忍受狮子座的语气和眼神。

他听着狮子座哀求的语气，他从她的眼神中读到了怜悯。狮子座在怜悯他，他甚至联想到了施舍，当时她向自己表白，语气不也是这样的吗：

"做我男朋友吧，我觉得你很合适。"

自打他把狮子座带进这个残破落后的小镇，自打他把这糊着报纸作墙纸的家展现给狮子座看，他就有一股说不上来的气憋闷在心里，不知道怎么释放。

很久以后，他才想明白，那个时候他是真的自卑了。她那么一个优秀的人向他表白，他怎么会无动于衷？她大老远只身前来，就算她任性妄为也好，他怎么会不感动一下？他就是在害怕，害怕自己最不堪的一面生生被她窥见。

此时的狮子座正沉浸在无穷的自责和羞愧之中，她已经来不及记起自己的火爆脾气，她只是一个劲地说，我想留下来。

最后如果真留了下来。在双鱼座还没有给出答复，就接到一个电话，火急火燎地离开之后，她顺势就跑出去和双鱼座的父母说，自己要在樊城多待几天，可能还要麻烦他们一阵子。

他父母热情地给狮子座推荐樊城好玩的地方，他们说市区的汉江一定要去的。他们说让双鱼座陪她去。

一个晚上，双鱼座都没有回来。晚饭的时候，大家都特别安静，楚月很着急地拨打着双鱼座的电话，她问双鱼座什么时候回来，家里人都特别着急，又告诉他狮子座还在家里没离开。

"好吧，那你们好好聊。"楚月挂了电话，告诉双鱼座父母，他去外面筹点钱，今天不回来了。她说话的时候目光对着狮子座。

狮子座不知道是不是因为自己，双鱼座连家都不愿意回了。她也不知道该接什么话，所幸鱼母还算热情，拼命给她夹菜。

她哪里吃得惯樊城菜的口味，却还是硬着头皮狼吞虎咽。樊城菜和川菜有异曲同工的地方，既麻又辣，就是一道简单的炒青菜，也是盖着一层红红的辣椒皮。

狮子座是地道的南方人，一顿饭下去就觉得喉头热得发痒，恨不得直接打开双鱼座家的水龙头往嗓子里面"灭火"。

"领导……"她听见鱼母在喊她，别过头的时候老人家脸上一脸的愁容。

她问狮子座，儿子在单位里是不是犯了事儿了。她哪里会不担心，儿子离家工作那么久，也只有过年才舍得回来，又怎么会突然赶着劳动节的当口回家。更何况前不久儿子刚回家帮着还了一部分的欠债，按理说也不会浪费这点路费。

另一方面，他回家才几天，单位的领导就来了。这不得不让这个快60岁的小镇妇女乱猜疑，生怕儿子在外面惹了祸，单位领导追到家里要处罚呢。

狮子座笑着说，双鱼座在单位里表现特别好，前阵子工作很辛苦，所以特别给他放了长假。老人家听了半信半疑。

她灵光一闪，从自己的行李里抽出一叠钱。"您可别不信啊，这5000块钱就是单位特别奖励给他的。"

她说这话的时候显得异常骄傲，仿佛双鱼座的确得了奖。老人家乐呵呵地接过钱，倒不是她势利，只是家里特别需要钱，现在有了这5000块钱，好歹给家里带来了点希望。她显得格外激动，跑到屋外把这在她看来天大的喜讯告诉了自己的老伴。

一时之间，这寒酸的小屋子里充满了喜气洋洋的氛围。

鱼母一激动便显得有些喋喋不休，这点像足了狮子座自己的妈妈。这会儿她开始向狮子座讲儿子小时候的事情。

她说双鱼座从小就是个乖孩子，读书成绩也好，还画得一手好画。她牵着狮子座的手，带她进了双鱼座的卧室。

这是狮子座第一次见到双鱼座从小生活学习的小天地。这里也收拾得很干净，墙上虽然糊着报纸，但是和地上支起的画板颜料相衬着，倒是有一番后现代主义的艺术气息。

她从未想过，原来双鱼座的生活是这样的。

他有一排码得齐整的书，大多是一些绘画读本，还有几部生活类的哲学书。他的桌子上还有一整排的陶瓷杯。

"这些杯子啊，他一个人埋头做了大半个月，一半都卖出去了，剩下的这套他做得最久，他说这些是做给自己的。咦，怎么少了一个？"

她想起那个被他摔碎的杯子，心里又是一阵愧疚。

"你看他，最近不知道又在捣鼓什么，颜料堆了一地也不好好收拾。"鱼母虽然说着一番指责的话，口气却充满了疼爱。

她好奇地看着他画板上的画，大多是一些色彩练习。

"你看，这些都是他的奖状。"老人家搬来一个收纳得很好的盒子，里面藏着一摞奖状和证书。狮子座笑了，自己的家里好似也有这么一个盒子，装得满满的，都是红本本。

原来他们也有一样的地方。

她小心翼翼地翻动着，就好像在这些小本子中体会双鱼座的过往，又像是真实地在和他对话，用从未有过的平和态度对话。

这感觉很微妙，她有些舍不得。

游泳的狮子，

86

在这堆红色证件中间，竟然还夹着一张画纸，只有一个人物的大致轮廓，看着像在画一个女孩，但是又不知道她的模样。这画并不陈旧，像是新作。狮子座不知道画中人是谁，但看得出来，双鱼座很珍惜这画。

她使劲想挥去渐渐涌起的醋意，她听见老人家重重地叹了口气。

"其实他打小就喜欢画画，和他爸爸一样，总想着要继承他爷爷的手艺。他的性格那么闷，每次过年回来都好像有什么心事，埋进屋里画画，就是好几天也不出来。我和他爸都知道，他就是喜欢画画，可是家里哪里有钱让他做那些东西。"

狮子座看着对方边说边开始啜泣，她大概知道那是为人父母的一种无奈和心酸。一个想要从事民间艺术的双鱼座和一个埋首在大堆文案中的双鱼座。狮子座从来没想过，将这样的两个形象重叠起来。

她再次翻阅他画板上的画作、他自己烧制的杯子，她闭目想象着他当时的模样，也许是目光炯炯，也许会兴奋地挥墨如雨，总之在那个世界里，他应该是开心的。

狮子座想让双鱼座开心，毫无后顾之忧的开心。

那个晚上，她留在了双鱼座的家里。5000块钱从天而降的事情还在被他的父母念起，她本来不想偷听别人的家事，可偏偏是他的事情，她都不想错过。

她听到他们在高兴之余，依旧叹着气。

"有了5000块，明年高中的钱是有着落了，可那20万怎么办？小儿子要是不争气考不上，又不知道该干什么，总不能年纪轻轻就误了事儿吧。"

她贴耳听着，屋子里响起呜呜咽咽的声音，心里就格外难受。

狮子座知道这 5000 块钱对他们来说，依旧是杯水车薪。她一夜未眠，第二天她对双鱼座的父母说，自己等不及双鱼座回来，她要先去樊城玩几天，便挎着自己的随身包出门了。

又是近乎大半天的车程，她回到了自己的家。

母亲见到了她，没好气地问她怎么舍得回来了。她意识到自己去的时候太过冲动，居然也没和父母打招呼，后来只是简短地发了个短信算是告知。

狮子座张开手臂抱着她那个身材明显走样的母亲，本来还想骂女儿几句的母亲顿时语塞。

狮子座没发现，其实家里还有一个客人。

此时正在狮子座家里做客的周伟，好奇地看着这一幕。他明显感到自己的存在有些突兀。

他微咳了一下："阿姨，要不我先走了。"

狮子座差点儿就要把这个海归律师给忘了，他倒是来得很是时候，重新在她脑子里植入了记忆。

"说好的，留下来陪我吃饭的嘛。"狮母拿手肘捅了捅狮子座，笑着对周伟说，"多巧啊，刚好我们三个人吃饭。"

饭席间，狮母当着狮子座的面把周伟的情况又从头到尾问了一遍，一边问一边还发出啧啧的赞叹声。狮子座当然知道，母亲又开始打起了小算盘。她没好气地附和着，一顿饭下来，总算解放了。

偏偏，母亲又不甘心，怂恿狮子座送客。

她只好拖着疲惫的身体，脸上挂着僵硬的笑容，陪着周伟下了楼。

"怎么感觉你比上一次见到的时候更忧虑了？"周伟倒是很细心，一眼就瞧出狮子座满脸的忧虑。

"没有。"

他笑了，那一连串爽朗的笑声让狮子座很是尴尬，仿佛当众被揭穿谎言。她懊恼地白了他一眼："你笑个屁。"

她也不知道她怎么就骂了脏话，但周伟一点儿也不介意，自顾自说着："看起来，你也没那么糟糕，还知道骂人。"

"你是好好学生吗？一点儿脏话都听不得。"她实在不想和他斗嘴，可他那副样子倒像是天生欠骂。

"我可不是，不过你妈妈说你是。"

有个那么引人瞩目的家庭，她不得不成为一个优秀的人，从前是在校园里，现在是在职场上。她浑身上下都安着放大镜，一点点瑕疵就会被放大，然后和她的家庭一起成为谈资。

周伟见狮子座没有吭声，自觉可能说错了话，于是立刻转了话题：

"今天天气不错。"

"你妈妈的菜挺好吃的。"

"你这几天去哪里玩了？"

……

他一口气问了十几个问题，终于轮到她笑了："你到底想聊什么？"

他们已经到了车库，地下室很闷热，她听见他说："我想追你。"

她脑袋发出嗡嗡的声音，呆呆地看着周伟的车变成一个小黑点。

她想到很早以前，她刚进学校不久，有一天一个清瘦的男生对她说："我想追你。"

她那时好像挺兴奋的，她从来没恋爱过，那个男生涨得通红的脸在她看来一点儿也不讨厌。第二天，她去上课，男生离她远远的，她不解，还特地走过去坐在他身边。

下课的时候，男生终于对她说了一句话："听说你爸爸是副总编，我觉得我们肯定不合适。"

当下她就懵了。后来她身上就贴满了高高在上的标签，她成绩优秀、伶牙俐齿，又深受学校老师的宠爱，什么事情总能一个人挑起大梁，久而久之竟又和以前一样变成了没人爱亲近的学生干部。

后来她鼓起勇气向双鱼座示爱，对方却连拒绝都懒得说。

她也曾想过，有一天会有人在她耳边告白。但那个人她一直设定为双鱼座，她不知道为什么偏偏变成了周伟。她的手机响起，她接起来，仍是周伟。

周伟在电话里恳求狮子座给他一次机会，他说他不知道她为什么看起来那么悲伤，他看过她笑起来的照片，特别令他心动。

他说："你不要拒绝，等你承受不了的时候你再拒绝我。"

就是这样一句话，她也很想告诉双鱼座。

回家后的第二天，狮子座去了一趟银行，然后转去车行。

周伟打来电话的时候，她刚从车行出来，她说她在美容院。

他在电话里狂笑不止，他说你用车蜡做脸？

狮子座回头，他正坐在那里，等着取车。

"你的车还没好？"

她支支吾吾说不上来，二手车经纪人上来请她签字："林小姐，这边签字，明天买家过来和您办理过户手续。"

"你把车卖了？"周伟愕然，"你差钱？其实可以……"他后面的话还没说完，就被狮子座恶狠狠地打断了："大惊小怪什么啊！我扶贫不行吗？"

她气喘吁吁地跑出车行，那地方偏得厉害，一时半会儿也拦不到车。听着周伟的车亦步亦趋地跟在后面按着喇叭，她就气不打一处来，心想着何必糟蹋自己的脚，停下来扭头就往车边上走。

"真扶贫啊？看不出你那么善良。"周伟调侃着，心里还有些担心，以为她遇到了什么麻烦事儿，"你其实……"

"你放心，我不赌不嫖！"她说完垂下脸。

"你没看新闻啊，现在慈善什么的都挺不靠谱的，你要真扶贫还得找个口碑好些的基金会。"周伟一边开车，一边在边上叨咕。

她本来还想打断，不过听着听着计上心来，一下子又不那么讨厌说话的人了。

回到家，狮子座说休假期间她要四处玩，放松下心情。母亲心想自己才刚牵起红线女儿就要往外躲，满脸的不乐意，但是又不能说出口，怕招来她的反抗，只能默许。

重新回到双鱼座家里的时候，只有楚月和双鱼座两个人在屋里，开门的刹那，楚月的脸上明显闪过一丝红晕。

狮子座心里疑虑重重，又不敢问，怕听到自己最不爱听的话。看着面无表情的双鱼座，她有些丧气地说了句："我回来了。"

"阿姨说你去玩儿了。"楚月看着双鱼座，微微拉了一下他的衣角。双鱼座并没有和狮子座打招呼，转身便走进了自己的屋子。

他再次出来的时候，手里捏着一沓钱。

双鱼座拉起狮子座的手，把钱重重地放在她手上："5000块，你数数。"

他不再多言，又重新回到了自己的卧室。狮子座追了进去，他的画板上，印着楚月的五官，细细的凤眼，恬淡的笑容……

狮子座的心刺刺地疼，想起了那张没有成形的人像。他最珍惜的原来从来就是楚月啊！她把钱放在了他的桌上。

他伸手一挥，钞票悉数落地，散落开来，颇为狼藉。

"你干什么？"狮子座不明白他为什么要这样，她完全是好意啊。

"我工作表现良好？为什么又会被迫辞职呢？"他戏谑地自嘲，目光却凛冽地看向狮子座，她被他看得脸上火辣辣地烧着。

"我只想帮你。"

"我不需要你的帮助。"

"为什么？"狮子座大声地问，"你可以接受扶贫办的帮助，为什么不能接受我的呢？"

他们在屋子里争吵，一声比一声响。楚月还从未见过双鱼座发脾气，这几天里，双鱼座闷闷不乐的情况更严重了，加上谭仲彦又捣蛋，不让人放心，她心想他肯定是压力太大了。

"你总是反反复复，心情好的时候这叫帮助，心情不好的时候呢？我不知道你什么时候又会捅我一下，大小姐我真怕了。"

他口气从没有那么重过。

"你……"狮子座想要发作，却被楚月拉过，"叔叔阿姨就要回来了，你们别吵了。她也是好意，况且家里本来就需要钱。"

"我不会要她的钱。"甩下画笔，双鱼座走了出去。

楚月蹲下身捡着地上的钱，然后码得齐齐的，重新放在了狮子座的手上："你先拿着吧，他肯定是不好意思才口气那么重。"

"我不会拿回去，就当扶贫了。"她走出去，发现双鱼座其实就在门口。

她看着他的手握得紧紧的，骨节分明。明明是气话，偏偏被他听到。这时候，鱼母掐着一个小孩的耳朵，走了进来。

这便是双鱼座那个调皮捣蛋的弟弟——谭仲彦。

双鱼座冲上前，重重地扇了谭仲彦一个耳光。众人都惊住了，谭仲彦挣脱母亲就往屋外跑，狮子座不知道为何，也跟了上去。

"你跟着我干吗？"这个缩小版的双鱼座说话口气很冲，一点儿也没有双鱼座的影子，倒是和狮子座有几分相似。

"我哪有？"她终于在这个家里找到了同伙，收起满心的阴霾，俏皮地撅着嘴逗着面前的这个小男孩。

"你谁啊？"

"你猜。"

"我才懒得猜，哥哥的朋友就是我的敌人！"

听着口气，他明显在和双鱼座置气。她笑着伸手想摸他的头，哪知道被谭仲彦一把甩开："是我哥让你来招安的吗？"

谭仲彦怒气冲冲，满脸写着倔强。

她耐心出奇的好，也不管地面有多脏，盘着腿就坐了下去，随手捡起一根狗尾巴草，摆弄起来："我和你才是同盟军。"

听着这话，小孩子倒是来了劲，也一屁股坐了下来，学着面前这个姐姐的样子，拿着狗尾巴草卷在手指上，感觉挺有一股不羁的洒脱气质。

"这么说，你也被他迫害喽？"

"迫害？"狮子座笑着想现在的孩子用词可真狠，"我是被他讨厌了。"

"啊怪不得，他一脸吃人的模样，还把气撒我这里，原来我是你的替罪羊。"

狮子座听着有些犯愣，没想到谭仲彦年纪不大说话却挺有大人腔调的。谭仲彦以为对方不说话，是被戳中了心思，想着她和自己一样被人嫌弃，心里萌生了英雄相惜的感觉，他喃喃地说了句："和我一样。"

扑火的鱼

他们都没有吭声。远方夕阳西下，暮色渐起，周围的人家已是炊烟袅袅，炒菜的声音打破了原本的寂静气氛。

过了很久，谭仲彦开口问："你难过吗？"

她没有说话，托着腮看着他。

他耷拉着脑袋，在地上画圈圈："我有点。"

"我也是。"她拉他一起站了起来，他才初三却已经长到她的肩膀高，裤脚高高卷起，看着像个小大人似的。

"你是怎么让他讨厌的？"他问她。

狮子座想了想说："我欺负了他。"

他立马来了精神，眼里充满了钦佩："怎么欺负的，教我！"

她苦笑，摇摇头说："这种事儿你学不来的。"

谭仲彦不服气，拍着胸脯说自己一点儿也不笨。他说："我不比哥哥差。"

这话他说了三遍，不像是说给她听，倒像是自我说服。狮子座附和着说："你一看就是聪明的小大人。"

他瞪着双眼，凑到狮子座面前，左看右瞧，嘴上不断地问："你说真的么？"

她说："我保证。"

他竖起大拇指说："你有眼光！他们都说哥哥好，只有你说我好。"

正值晚饭的时间，他们两个有些失意的人蹲在太平镇废弃的操场上，不一会儿肚子便先后发出了咕咕声。

"我们去吃饭吧？"狮子座提议。

谭仲彦摇摇头说："我逃课一个礼拜，被抓回了家。我不回去，家里没我的饭。"

游泳的狮子，

狮子座说："不可能，明明看到楚月做饭了。"这谎话她说得分外认真，有些说动了谭仲彦。但是他还是扭捏着没动身。

她听见自己用特别委屈的声音说："我惹你哥哥讨厌了，肯定没有我的饭了。"狮子座一边说一边叹气，一旁的谭仲彦听了特仗义地拍着胸脯说："我罩你。"

一口的江湖气，从这14岁的小孩子口中说出来，狮子座并不觉得好笑，反而觉得他很真诚，一点儿也不讨厌。

走进家门的时候，他本能往狮子座身后躲。双鱼座问："你干吗回来？"

谁都不知道，双鱼座的这句话是问谭仲彦，还是问狮子座，但大家都看得出来他心情不好。楚月走过来打了圆场。

谭仲彦在楚月身后吐着舌头。

"每次都是她，装好人！"

狮子座笑出了声。的确每次都是楚月出来打的圆场。鱼母见到几天没来的狮子座，又是一番热络的姿态，刚想开口谢谢她的钱，哪知道就被双鱼座没好脾气地打断："妈，都说了这钱不能拿。"

狮子座觉得特别没面子，就顶了一句："凭什么不拿？"

"我不需要你来扶贫。"

她想到自己刚才说的气话，这会儿却成了双鱼座打击自己的武器，一时之间失了话语。"你干吗对姐姐那么凶？"还是谭仲彦厉害，一摔筷子站了起来。

双鱼座重重拍了下谭仲彦的头："谁是你姐姐！不好好读书，就知道鬼混。"

一顿饭不欢而散。谭仲彦拉着狮子座的手就往屋外跑。

他问她："你会爬屋顶吗？"

95

她摇头。

他说："你真差劲，我教你。"

"看到没，你的手还有脚就是四个点，你不能同手同脚都往上挪。"

"那你教我该怎么动？"

"固定三个点，只动一个点。"谭仲彦一边说，一边给狮子座当起了教练，"你看你手往上移动，然后其他不动，找到点固定后，再动其他的一个点。"

按照谭仲彦的"三不动一动"理论，狮子座总算攀到了屋顶，一下子就趴在上面起不来了。谭仲彦看着打趣说："没想到你那么没用啊。"

她没好气地瞥了他一眼，说："你也好不到哪里去，看你和小泥人似的。"

"对了，小孩，你干吗逃学啊？"她问他。

"不许叫我小孩，我叫谭仲彦！"他立刻更正狮子座的称呼，"你可以叫我小名，彦彦。"

"好吧，彦彦，你干吗逃学呢？"

"读书有什么用？"谭仲彦说，"像他一样吗？"

狮子座知道谭仲彦口中的他是双鱼座，她问："像他不好吗？"

他摇摇头，说不知道。

"反正我觉得没意思。"

这是一个正在叛逆期的孩子，说教对他而言反而会起到反作用。

"我要是像你，能回到以前读书的时候，单纯地做个学生就很开心了。"

这话谭仲彦似懂非懂，他诧异地看着狮子座，然后说了句："我

游泳的狮子，

想出去赚钱。"

她心里有些低落，回头看着这个缩小版的双鱼座，仿佛看到了那个年少就背上家庭负担的小孩子。

双鱼座告诉楚月，谭仲彦应该在房顶，于是楚月上来叫他们下来睡觉。谭仲彦十分不乐意，狮子座在身后拧了他一下："笨蛋，不睡觉明天哪有力气赚钱。"

他利索地爬下屋顶，临睡前，悄悄地在狮子座耳边说："你要带我去赚钱？"

她点点头，眨眨眼示意他保密。

双鱼座不知道狮子座又在密谋什么，心里有些疑惑，却又不甘心问出口，索性躲进屋里继续忙着自己的画。

楚月跟着双鱼座走了进去，狮子座拉住楚月，终于问出了口："你们这是？"

"我给他当模特呢，他在练画。"

原来是这样啊，她表面上满不在乎，心里却很着急，她是多么不想让他们单独在一起啊。

"他画你干吗？"她气鼓鼓地问。

"你不知道？"楚月的反问让狮子座想到了自己对双鱼座竟然了解得那么少，顿时失了气势。

双鱼座并不是单纯的作画。回家以后他反复练习，为的是能够灵活展现画像中人物的表情，然后下一步才是他真正要大力钻研的技艺——烧陶人偶。

烧陶人偶是双鱼座家里祖传的技艺。之前狮子座也听鱼母提起，不过楚月的解释就更为细致了。

这从日本流传过来的人偶技艺，在双鱼座爷爷那一代进行了一次革新。因为樊城盛产高岭土，太平镇又是最大的高岭土烧制地，所以双鱼座的爷爷就把木质材料演变成了陶土。

制作这种人偶的难点便是烧制高岭土的温度，工匠必须把握得异常精确，不然烧制出的陶瓷容易走色。

"文革"那会儿，这种从日本传来的工艺品便成了打击的对象。从此在太平镇再也没有了烧陶人偶的作坊。到了鱼父那会儿，他满身技术却只能去一些工艺品工厂画画花纹赚点钱。

双鱼座从小便和爷爷一块生活，听爷爷说过不少关于烧陶人偶的故事，也看过家里残留的几个被打坏了一半的人偶。仿佛天生就有这禀赋，他从小就捧着破人偶爱不释手，长大以后便会尝试着烧烧陶土，一来二去竟然烧出了一打杯子，卖了一些钱。

这一次，他有更久的时间可以钻研，便找来楚月做模特，准备先做一个人偶出来。狮子座一听第一个人偶会和楚月长得一模一样，嫉妒心止不住就涌了上来。

"我能做模特吗？"她问楚月，声音却飘向双鱼座的屋里。

"那我明天问问。"楚月走回了屋里，她还想跟进去，却被楚月挡了出来，"他画画的时候喜欢安静的。"

一句话便打消了狮子座的念头。她不甘心地钻进了被窝，竖着耳朵想听听那边屋子里的动静，渐渐地就这么睡着了。

第二天，她还没完全清醒，谭仲彦就已经站在她床边哼着气问她："你是不是要赖啊？"她起床，一副大姐大的派头，大摇大摆地晃出了门。

游泳的狮子，

太阳位于双鱼座的他，可能真的是一个非常犹豫不定的人，性格内向，在公众场合显得害羞，艺术天分高。所以当我听到狮子座介绍双鱼座会这门几乎绝迹的民间艺术时，我一点儿也不惊讶。我遇到过很多这个星座的人，他们都拥有比常人高一点的艺术天赋。在这种基因的影响下，加之以海王星作为自己的守护星，双鱼座在感情方面极易考虑外界，他人的话语往往会联想到他自己。有时候会为那些受伤害的人作出牺牲。所以当狮子座和楚月同时出现的时候，双鱼座的情感天平已经失去平衡了。水面若是起了波澜，就会让人忽略水底的动态，而只关注到表面。

我的这位闺蜜，她的月亮也落在了狮子座，这种情况给她带来的是极度骄傲的性格。在感情上遇到潜在的对手时，她就会如孔雀一般，冲动盖过理智。她极力希望通过各种方式来博得双鱼座的好感，比如捐款、帮助双鱼座的弟弟。这些举动其实并没有错，但是在处理方式上，她完全忘记考虑对方的立场，好事也成了坏事。

一旦她发现自己的所有努力都不过尔尔，极度的失望往往会完全击溃好胜的心理，而一蹶不振。

第四章

立 夏

　　真正的夏天还没有开始，火炉武汉边上的城市樊城已经提前进入了闷热的状态。从太平镇前往市区的车厢里，狮子座忍着酸酸的汗味和颠簸到了市区。

　　下车的刹那，她深深地吸了一口气，头一次感觉到新鲜空气是如此美好。这动作被谭仲彦看着，有些不屑地问："你是娇娇女吧。"

　　被一个十多岁的小孩子鄙视，她脸上一串尴尬，碍于对方年小姑且视为是童言无忌，便大大方方地伸出手说："小孩子要和大人一起走，不然会被拐走的！"

　　他点点头，狡黠地说："嗯！那你带我去哪里？"谭仲彦紧紧地拽着狮子座的手，满眼憧憬地看着她。

　　她一时还真不知道应该去哪里，支吾着说不清楚。

　　"哈哈哈……"他蹲下来嘲笑着说，"还说大人呢，都不知道东南西北！"他摆脱她的手，然后又把自己的小手伸了出来说："外地人就乖乖跟着本地小仙走吧！"

狮子座无奈地被他牵着，往闹市里走，一边在心里默默地感受着这个小孩子倔强好胜的心。

这种心态，似曾相识。

谭仲彦不过是孩子，不知道工作应该在哪里找，闹市里人来人往，加上天气开始燥热，他烦躁地擦了下额头的汗："姐，上哪里赚钱？"

她说："你知道这里的人才市场在哪里吗？"

他摇摇头。无奈，他们两个人只能四处打听，到了中午才辗转来到樊城人才市场。这种事业单位，中午是有一长段休息时间的，狮子座听见他肚子里咕咕地叫，有些心疼但又不想破坏自己的计划，硬是铁下了心肠不作声。谭仲彦期盼地看着狮子座，她没有任何反应，顾自坐在台阶上看着手表上的指针。

时间一分一秒溜走的同时，人潮也朝着人才市场的大门涌来。下午1点半的时候，他们被人潮挤着进了大厅。

还没回过神，大厅里便是黑压压的一片。谭仲彦狐疑地问："你们大人赚钱都要在这里找的吗？"

她点头说："大部分是的。"

他问："那我该从哪里开始？"

她说："你看见那些展位前面的牌子了没有？写着工作和要求。你一个个看，看哪些是你能做的。"

他小心翼翼地试问："那我从左边开始？"

狮子座说："好，我们一起吧。"

"这里可不是体验生活的地方，你看我们都要求大学本科以上学历的，你几岁？18岁都没到吧？还是回家吧！"谭仲彦好不容易排了一个小时队伍，想找一个酒店服务人员的工作，没想到对方三五

游泳的狮子，

句话就把他打发了，还惹来一群人围观。

"怎么样？"看着垂头丧气的谭仲彦，她想劝劝他。没想到他倒是有些越挫越勇，又往别的人堆里挤。

两个小时过去后，谭仲彦的信心正在被一点点消磨，他内心的疑惑一点点上升。他终于按捺不住，焦躁地问狮子座："那哥哥为什么就能赚到钱？"

她看着沮丧的谭仲彦，递给他一个面包，两个人又重新坐在人才市场的门口。

"小兄弟，找工作吗？"他们正在低头烦恼的时候，一个中年妇女凑了上来。狮子座警觉地挪动了下身体，上下打量着这个陌生人。

"小吃店里缺帮手，600块钱包中饭。"她利落地塞进来一张纸条，写着地址和电话，又匆匆去边上的人群里发了。谭仲彦拿着纸条端详了很久，问狮子座："这个？"

"骗子吧。"狮子座作势想要去拿谭仲彦手中的纸条，哪知道这个小孩子却当了真，硬是不给，站起来就要走。她急急跟在后面，生怕出了事儿。

兜兜转转地，他们果真来到了一家牛肉面店。她闻不得各种内脏煮在一起的骚味，不敢上前，又怕孩子出了事，只得皱着眉屏息入内。

店里很挤，生意好得不行，老板娘一边招呼着客人一边急躁地打发着谭仲彦："你才多大，别捣乱了，没看忙着呢。"

她一边嘟囔着说请来的大妈不靠谱什么人都招，一边作势要轰他们走。谭仲彦发急，咬咬牙说："我可有力气了，你给人600，给我400就行。"

果真是生意人，一听便打起了算盘，瞅着面前的小人儿迟疑了会说："看你也有 18 岁了吧，就是瘦了点。400 块钱中饭不给包。"

"你们单子上写着包饭呢！"狮子座生气地想这老板也太势利了。

"这小孩子发育期，得吃我多少面！"

"人家都 400 了你还想怎么样！"若不是谭仲彦死死地揪住她的衣角，她还真想上去辩个面红耳赤。她低头看着谭仲彦，鼻子一酸，口气也有些服软地说："你看他那么瘦，胃口也不会好，中午一碗面你也不会亏的。"

老板想了半晌，答应了，扔来一套脏兮兮的工作服说："在我这里得穿这个，今天算是试用，工钱没有，干得好明天你就来报到。"

她一听，觉得这实在是太剥削，还想争辩，却看见谭仲彦已经喜笑颜开地套上了衣服，争抢着要活儿干。

他被安排打杂，擦桌子。牛肉面都是用浓汤熬的，吃完后不光是碗，就连桌子也是脏脏的一片。他想来在家也不怎么干家务，没一会儿就有些支持不住，求救似的想找狮子座。

狮子座早就被店家赶到了店外，只得站在马路边，看着店里的情况。她瞧着他瘦小的身影穿梭在店铺里，又不由想到了双鱼座。

晚上 8 点，小店打烊了。老板娘丢下一句"明天早上 8 点报到"，便拉下了卷闸门。他叫着："这比在家里磨面都累！"

"所以我说读书多舒服啊！"狮子座以为他就要败下阵来，却不知道这孩子韧劲很大，就是不肯服软。

"但是能赚钱啊！"他桀骜地说着，末了又喃喃了一句，"读书只会花钱。"

声音虽小，却依旧飘进了狮子座的耳里，她在身后推着他往回赶："快回家，不然你家里人该急死了。"

果不其然，他们坐车回到太平镇，小镇早就进入了梦乡，唯有谭家的窗前透着稀疏的灯光。

她小心翼翼地推门，双鱼座正对着门坐着。谭仲彦立刻躲到她的身后，只有她一个人面对着双鱼座以及在茶几边上坐着的两位老人和楚月。

"你个娃儿，怎么那么不听话！"鱼母见小儿子回来了，吊着的心终于放下，看着大儿子和丈夫怒气满满的神色，她赶紧先发制人，扯着小儿子的耳朵往里屋拽，"让你逃课，让你不乖！"

鱼父看了一眼狮子座，也跟着回了房，里屋传来谭仲彦嗷叫的声音。她急了，怕出事想进去，却被双鱼座狠狠地拦住。

"不用你管！"双鱼座警觉地说，仿佛她就是一个破坏分子。狮子座顿时觉得心寒。里屋又有了动静，谭仲彦被父母送了出来。

"你弟弟不想读书了！"鱼母叹了口气对双鱼座说，"他今天就是出去找工作。"她往狮子座身上瞅，一副哀怨的表情。

"对！就是不读书了！"谭仲彦斩钉截铁地说。

双鱼座充满怒意地质问谭仲彦："为什么又不去上学？"

谭仲彦死磕着咬着唇不回答，双鱼座作势就要拿扫帚打，被狮子座拦下，楚月乘机把谭仲彦又带回了里屋。

外面又只剩下了狮子座和双鱼座，两个人都压着火，不出声却能听到各自沉重的呼吸声。最后，他终于开口了。

"你带着我弟弟胡闹了一天，是想报复我对你的态度吗？"

依旧是他习惯对她的冷淡语气，狮子座听在心里，只觉得浑身无力，以往的伶牙俐齿这会儿全然不复存在。

她倒不是被他的口气所征，反正他们之间的对话从来就是这样一个带着火，一个夹着冰。渐渐地，狮子座已经感觉到他对自己的一丝嫌恶，但是他从来没有当面说过。

现在他终于把心里对她的想法和盘托出，她也终于明白他讨厌她哪里了，在双鱼座眼里，狮子座就是一个骄蛮任性的大小姐。

狮子座满心委屈："我是想让他尝试一下工作的辛苦，想让他理解你们的不容易。理解了你，你们之间才能更好地沟通不是吗？你总是拦着他，越这样就越会激起他的逆反心理。"

在狮子座看来，她不过是用了自己的方式让谭仲彦能够重新审视自己哥哥一路走来的艰辛，可是双鱼座偏偏什么都不问，直截了当就把她的好意曲解了。

"我的方式不对，难道你的就对了？"

"我起码获得了他更多的信赖。"

"那是因为你们都被惯坏了！"

她苦笑着，笑容渗得双鱼座心慌意乱。

翌日，双鱼座踟蹰在门口，昨晚狮子座苦笑着钻进卧室，落寞的背影让双鱼座顿觉自己的态度的确有些过分。现在他倒是想缓和一下气氛，可是她人却不在了。

一大清早，狮子座就接到了周伟的电话，他问她玩得怎么样了。

她一边在太平镇里转着，一边没什么情绪地说，正玩着呢。不知不觉竟然就走到了中学门口，学生们正在上课，读书声朗朗，她挂了电话想打听谭仲彦在哪里读书。

哪知道门卫一听这名字就摇摇手说："谭家小儿子啊，真是个恶魔星，早上就没见来。"她着急了，想着这孩子不会悄悄报到上班去了吧。

没顾得门卫的追问，她就往车站跑去，搭上大巴车。所幸她方向感还不赖，东摸西找地寻到了面店。谭仲彦果真在那里忙上忙下，瘦得和猴子似的他一个人要捧老大一叠碗，许是没吃饱或者实在没经验，没走几步就听见丁零哐啷地一阵杂响。

谭仲彦呆呆地看着破碎一地的盘子，一时不知道该如何处理，脑门上已经被重重地打了一下，嗡嗡作响。

她急切地赶上去，护住他，就听见老板娘已经骂骂咧咧起来。

"小王八，饭没吃饱还是老娘欠你钱，清早就给我砸盆子。"她一边朝他们扔来抹布，一边恶狠狠地招来几个老伙计把两人团团围住。

"这么多盘子你说得赔多少钱？"

狮子座心想，这下真完了。

"1000 块钱总要吧。"老板娘看着狮子座这身打扮便狮子大开口。狮子座出门并没带那么多钱在身边，一下子不知道该怎么办。

看着周围的人似是要干架，她在这地方人生地不熟，也知道这里人要蛮起来特别吓人，亦知趣地服软说："真没那么多钱，就只有500 块钱。"

"拿出来。"老板娘作势想要去掏狮子座的口袋，幸好她护得紧，从袋子里抽出了 500 块钱，还留着一张 100 块做路费。

"那我们能走了吗？"

"想走？那这些破烂谁收拾，你还欠我 500 块呢！"老板娘并不想作罢，看着两个人说，"你们得在这里做到打烊再走。还有你，收拾这个摊子！"

碍于对方人多势众，想着干点活到晚上 8 点也没什么损失，她现在只想息事宁人，于是也被套上了一件散着异味的工作服。谭仲彦看着她，有一些抱歉，低头去捡那碎片。她怕他受伤，蹲下来，争着捡，手指刚碰到就听见"啪"一声。

老板娘气愤地拍着谭仲彦的后脑勺："两个人捡这点东西想偷懒啊，你去洗碗。"她着急着想让她不要那么粗鲁，一不留神，就被陶瓷片划了一个口子。血滴立刻就从口子里滚了出来。

她哪里受过这样的委屈，刚想抱怨，却听见老板娘说："那么娇气哟，这点苦都吃不得，出来干什么活。"

她吞下反击的话，心里揣测着双鱼座是不是也曾在这样的日子里煎熬过。

所幸老板娘没有再刁难，到了晚上 8 点，他们都解放了。虽然是夏天，但是由于长时间在水中浸泡，她的手指泛着白，几乎麻木。

她听见谭仲彦小心地说："对不起。"

她欣慰地想，也许此时说教正合适，远处的汉江上，霓虹初上，景色宜人。狮子座想起刚去双鱼座家里的时候，鱼母说要让双鱼座陪她去江上玩玩，那时候她还满怀憧憬，现在却不知道何时才能称心如意。

她问他："想不想去那江上坐船？"

他点点头，露出向往的表情。

就这样，狮子座带着谭仲彦泛舟汉江。

在她曾经的设想里，这场景应该是留给自己和双鱼座的。

江上的风光很是怡人，一来是风景，二来便是人景。在这里泛舟的都是些情侣，唯有他们两个一大一小显得很怪异。

她问他："你不读书就是为了打工吗？"

他嘴硬："不是，我就是不爱读书。"

她当然知道他在撒谎，他说的时候眼神分明闪过一丝犹豫。

"不爱读书，为什么你的小本子里笔记都做得整整齐齐的？"

"你看到了？"

游泳的狮子，

"嗯。"

她昨天住的地方是谭家兄弟读书的小间，这个家庭虽然贫寒，在两个孩子读书的事情上却从不含糊，所以尽可能营造一些好的环境。

长久的沉寂之后，他告诉狮子座，那天他偷偷听到家里还欠了很多钱，他成绩那么烂，还不如退学打工。

他竟然暗地退了学，怪不得双鱼座气成那样。可是细细想来，其实他也是一个懂事的孩子，不然又怎么会顾及家庭现状而想到中途退学呢。也许大家都误会了这个小孩，他只是和自己一样好强，不服气想要证明自己，又不知道该怎么办而已。

"如果家里没有欠债呢，你还去不去读书了？"

他迟疑了一下，然后使劲摇着头。

狮子座追问，他说他不想被人笑话。他有一个成绩优秀的哥哥，打小他就生活在哥哥的光环下面，无论他怎么努力都赶不上哥哥，后来他就自暴自弃。

她静静地听着，仿佛又回到了自己的过去。

狮子座告诉谭仲彦："我曾经也和你一样，生活在别人的光环下，一举一动都备受关注。"

"那后来呢？"

她笑着也不管他到底听不听得懂，径自说着："证明给别人看，1倍努力不够就10倍，100倍！"

谭仲彦似懂非懂地点着头，远处有一艘装扮精美的婚船，在江上缓缓驶着，惹得他尖叫起来："哇，你看那个船！姐姐你看。"狮子座看着谭仲彦终于以一个小孩该有的口气放声地欢呼着，不由感到了一阵舒心。

回去的时候，她亲自送他去了学校。恰好赶上了晚自习，她在学校门口足足等了一个小时，然后和谭仲彦一起回了家。

双鱼座正在琢磨人偶的画法，楚月在边上指指点点，给着意见，时不时引来双鱼座的笑声。

这是狮子座头一次听见双鱼座笑得如此爽朗，他露着白白的牙齿，眉眼弯成月牙的弧度，和平日自己看到的模样截然不同。

狮子座酸酸地和谭仲彦一起走进去。

笑声止住。

双鱼座走了出来，脸上的笑容已经收起，转而又是一副淡漠的样子。只听他略带不屑地问狮子座："今天你又带他去哪里疯了？"

狮子座的眼眶瞬间湿润起来，泪水正在眼眶里打着转。她竟然开始庆幸这不是第一次被他曲解，因此眼泪也争气地没有流下来。

在一次又一次被双鱼座的曲解和拒绝中，她不断地听到自己的心撕裂的声音，感受到被撕扯的疼痛，然后用超乎寻常人的复原能力将它们重新拼接起来。

这就是一场格斗游戏，狮子座不断地积累经验值，增加防御能力。狮子座假装若无其事地拉着谭仲彦走进了另一个房间。

关上门的时候，她全身被抽光了力气，顾不得还有谭仲彦在场，径自蜷缩在一边。

狮子座没有哭，甚至连哽咽都没有。她只是觉得有些冷，特别是她听到对面屋子里传来他和悦的说话声，和楚月时不时发出的赞叹声。

"你是不是喜欢我哥哥？"谭仲彦小心翼翼地问。

她不知道自己是什么样的表情，竟然让这个小孩子凑近端详了很久。最后她听见谭仲彦笃定地说："猜中了！"

游泳的狮子，

"怪不得，你赖在我家那么久。"

"怪不得，你看楚月姐姐那么不爽。"

"怪不得……"

狮子座被他小大人的说话模样逗乐，撅着嘴反驳："小孩子懂什么？"

他乐呵呵地围着狮子座打转，神神叨叨地说："我是不懂，但我好歹和我哥哥生活了那么久，所以……"

"所以什么？"她还在伤心，语气显得颇为丧气。

"所以我猜，他喜欢你！"

她抬头和他的双眼对视，发现谭仲彦眼中竟没有任何闪烁的神情，他是认真的，并不是在逗她。

"你看他，好像就是对你才这样。要不是喜欢你，那就是特别讨厌你，要是讨厌你就不会让你待在我家里。"谭仲彦一副老道的样子，比照了一下，狮子座觉得还真有那么一点儿道理。

或者说，狮子座乐于听见这样的分析。于是她笑了，一副"原来如此"的表情。

忽然她问："那他对你也挺凶的，其实也是喜欢你。"

谭仲彦被说中了心事，支支吾吾地想要反驳，却找不到理由。

隔日早上，她像什么也没有发生似的和双鱼座打着招呼。他没有搭腔，找了个理由走开了。狮子座把这个解读为羞涩，心里偷着乐地出了门。

想着前次给双鱼座妈妈5000块钱就引来了双鱼座那么大的反击，这次她想要帮助他们的钱数目更大，直接给双鱼座，他一定不会收。

思前想后，她给周伟打了电话。

第二天，她一个人前往了武汉。回太平镇时已接近半夜，她蹑手蹑脚地进屋，听到一个熟悉的声音说：

"你怎么那么晚？"

屋子里黑灯瞎火的，狮子座看不清双鱼座的表情，她想双鱼座应该也看不到此时她脸上幸福的笑。

"早点睡吧。"

他转身走进了自己的房间。

狮子座透过半掩的门缝望去，双鱼座正在专心致志地作画。她掐着自己的脸，确定这并不是梦，然后她第一次在太平镇，双鱼座的家中踏实地睡了一觉。

之后的日子，谭仲彦回到了学校。他落下很多功课，碍于面子硬是不愿找哥哥帮忙。狮子座充当起了家教的角色，每天晚上把谭仲彦从学校接回家，然后辅导一个小时，这期间，双鱼座就在对门的房间里画。

有时候，狮子座会趁谭仲彦填考卷的空当，偷偷往双鱼座房间里瞄。他不是在作画，就是在埋首摆弄陶土。

几乎不会发出任何声音。

狮子座肯定不知道，在她辅导谭仲彦的时候，双鱼座也会从门前悄然无声地走过，余光瞥向里面，看着狮子座有板有眼地充当着家庭教师的角色。

她的五官长得很立体，侧面望去轮廓清晰。他一手拿着画笔，凌空描摹，听见屋外楚月的声音，立刻收住了手势。

他请楚月过来做模特，画完了人偶的表情后，还要临摹人偶的动作。模特本来就不是一件容易的差事，之前楚月只是笑着坐在双鱼座面前，难度也不大。可这一次，双鱼座竟然要她做一个飞天的姿势。

楚月说："我不会。"

双鱼座说那我做给你看，你就照着我的样子摆。

他，一米八的个子，翘着兰花指，伸出腿，样子毫无美感，还显得滑稽。楚月就呵呵笑了起来。

对面房间的笑声传到了狮子座的耳里，她恨不得整个耳朵都贴在双鱼座的门边听个究竟。

谭仲彦正在解题，狮子座说我去喝口水，然后蹑手蹑脚趴在他们门边。

双鱼座正举着楚月的手："这样。"

她看见双鱼座掰着楚月的手指。她又听见楚月在笑，然后她被人一推，就扎进了屋子里。

三个人面面相觑了好一会儿，他说："你进来干吗？"

狮子座反问："我怎么不能进来了？"

双鱼座没好气地说："我在忙。"

她听后气呼呼地说："那还有心思说说笑笑？"

双鱼座觉察到自己的态度可能太过冷漠，想着狮子座来到家中虽然两人常常冷眼相对，但狮子座总归也是客人，于情于理总这样冷淡对她也并不合适。

他说："你要想待着就坐下吧。"

她一听，一屁股坐在了双鱼座的床边，托着腮看着他临摹，眼光灼灼的，让双鱼座有些恍神。

"我，我来做模特吧。"感到气氛缓和不少，狮子座进一步提了要求。

哪知道双鱼座立马拒绝得十分干脆。狮子座虽然十分不悦，但是还是耐着性子说："我就是想帮帮忙。"

扑火的鱼

"帮忙？"双鱼座扭头看狮子座，"你不捣乱就好了。"他一边说一边扔给她一沓画纸："那你把这个收拾一下吧。"

其实这些根本就不需要专门让人来帮着收拾，双鱼座已经感觉自己又失言了，所以才想着变通安慰狮子座一下。

狮子座气呼呼地理着画，心想双鱼座的架子还真是大！

摆着姿势的楚月，在打量着双鱼座和狮子座。这个屋子，除了她，原本不会有人能够在双鱼座制作陶偶的时候进入。

双鱼座不喜欢被别人打扰，只有需要楚月做模特的时候，才会请她进来。除此以外，他总是礼貌地招呼楚月在外面休息。

楚月有一些不安。

有了第一次，狮子座就堂而皇之地介入了中间。连着好几天，他们在小争执中度过，一切都让狮子座感觉像是回到了过去，他们在晚上的办公室里录制广播节目，也是这样：虽然有争执，但是更多的是甜蜜。

但是这一切被谭仲彦的一张惨不忍睹的成绩单打破了。

这是狮子座接触谭仲彦以来的第一次模考，情况很糟糕，甚至比之前的几次模考都要差很多。她安慰谭仲彦说没关系的。

可是回到家中，一场暴风雨依旧无法避免，最后竟然演化成了他和她的对峙。

双鱼座看着谭仲彦的成绩单，冷笑着说："比上一次还差了20分，你这几天到底是干吗呢？"他嫌恶地看向狮子座。

昨天，双鱼座差一点点就想告诉狮子座，他虽然不认可狮子座的方式，但是看着狮子座那么尽心尽力地围在谭仲彦身边，他其实还是很感谢的。

双鱼座和谭仲彦足足相差了13岁，在谭仲彦很小的时候他就俨然有了一个严父的架势。谭仲彦是他们全家的另一个希望，他认真工作、辛苦攒钱很大程度上也是为了给谭仲彦一个比自己好的环境。

但是他们好像天生气场不合，兄弟俩总是好话说不了三句就开始相互争吵。双鱼座看着狮子座和谭仲彦相处时的亲密，也会有些许羡慕。

然而现在他已经被这成绩单气得把之前狮子座所做忘得一干二净。

"你给我好好想想，你这分数能上什么学！"

"没学上我就不读了。"

一听弟弟又有了退学的念头，双鱼座作势便要打。谭仲彦也不示弱，捋起袖子准备反抗。看到弟弟的反应，双鱼座更是气岔了。

以前谭仲彦只是会顶嘴，现在居然还敢动手了。

双鱼座说："不教训你，你现在这满身坏毛病是抹不掉了。"他冲进屋里拿出画尺。狮子座拉着谭仲彦左右躲闪。双鱼座父母跟着想要劝架，这画尺还是重重地打了下来，不偏不倚落在狮子座的手臂上，瞬间便起了红印子。

双鱼座愣了一下，弟弟就乘机躲进了屋子，"砰"一声重重地关上了门。他被这关门声激醒，顾不得家里二老围在狮子座身边连连道歉，跑到门口就要踢门。

"够了！"终于，狮子座爆发了，"我来你家里那么久，每次对着仲彦，你除了打就是骂。"

"我是他哥哥，我教训他有错吗？"

"你的方法只会激起他的反抗。"

"那你的呢？你的方法就是带他吃喝玩乐，然后再交出一张20分的数学答卷回来？"

"你在怪我带坏了他？"

"对！"

双鱼座果断、毫无迟疑的回答，让狮子座也变得歇斯底里起来。他们的争执终于落在了狮子座过往的种种劣迹上。

双鱼座把之前对她的忍耐毫无保留地发泄出来，狮子座的手机声不断地响起，给这场唇枪舌剑渲染着更加热闹的气氛。

狮子座只感觉到手臂上的红印还没有散去，心里的红印又生出了不少。

最后仍然是楚月，她的出现成为双鱼座父母的救命草。"月月啊，你赶紧去劝劝，他们在里屋吵得很凶。"

楚月轻轻地推门进去，屋里的空气显得很局促，双鱼座一见到楚月来了，便收了声。楚月问："你们怎么了？"

先前一直在承受着指责的狮子座，终于找到了可以发泄的对象。她冲着楚月说："你管得着吗？谁让你每次都当好人。"楚月是个乖乖女，一时之间不知道该怎么反驳。

双鱼座说："你拿月月出什么气！"

"那你拿我出什么气！"狮子座想着这一切的开端，不就是因为谭仲彦考得不好吗？如果那个整天围着谭仲彦转的人是楚月呢？

他舍得把画尺往手臂上打吗？他舍得像现在这般，没有风度、气急败坏地和一个女人对吵吗？

狮子座失望地瞥向画板，那上面夹着的画正是楚月，浅笑盈盈，作势飞天。他画得栩栩如生，她看得满心刺疼。

楚月说："别生气了。"她轻轻拉着狮子座，狮子座大臂一甩，就这样对上了楚月的脸。楚月吃痛呻吟着，跌坐在一边。

狮子座不屑地看了一眼："我看你比我还像大小姐。"

"你太蛮不讲理了！"双鱼座又被激怒，想要发作却被楚月牢牢地拽住。

楚月仍旧说着："别生气了。"其实她从头到尾都只是想让双鱼座不要生气的。

在这场双方都爆发的争执中，狮子座败下了阵势。她看着双鱼座关切地蹲下来问楚月疼不疼。她回神瞧自己手臂上的红印，它就像是从来没有出现过，没有人关切地问她疼不疼。

狮子座走出了里屋，她的手机又响了起来，她低头看短信，基金会的捐助已经到位了，明天双鱼座就可以办理手续了。

她想，一切差不多就要结束了吧。

从他手中的画尺落在她的手臂上，从他句句锥心的指责中，他们之间就已经差不多画上了句号。

狮子座悄悄爬上了屋顶，那个地方还坐着一个同样失意的小孩儿。

"姐姐。"他有些愧疚，看着她红红的手臂，"你疼不疼？"

你疼不疼？

这一句话不一样的人说，就会有不一样的效果。

狮子座听见双鱼座问楚月疼不疼，她会难过；听见谭仲彦问她疼不疼，她觉得很酸楚，这话在她想来理所当然应该是双鱼座问的。

"不疼。"她回答。

他说："你骗人，怎么会不疼呢？"

狮子座望着面前的人，心想连小孩子都知道的道理，双鱼座竟然不知道。

"我去给你报仇！"谭仲彦作势要下去，被狮子座拦了下来。她说："你当真要给我报仇？"

他认真地点点头。

她问："你是不是不服气你哥哥？"

他认真地点点头。

"他不是说你考不上学校吗？你努力三个月，考给他看好不好？"

他点点头，又摇摇头："我肯定不行的。"

"怎么会呢？努力就可以了。"

谭仲彦站了起来，对狮子座说："不是努力就可以的，之前我们那么努力，不还是被他误会了吗？"

狮子座愕然，她没想到这样的道理会由一个初中生告诉她。不是努力就可以的，她那么努力想对他好，他不是也照旧误会她了？

可是，她总该说些什么吧？难道就让他那么小就混入社会吗？起码这一点上她和双鱼座保持着空前的一致。

她说："未必一定要考高中、上大学啊。也许我们可以学个手艺？你不是也想早早工作吗？没有手艺怎么工作呢？"

谭仲彦听了，又重新坐到她边上问："真的可以吗？"

"嗯！你喜欢干什么？"

"服务员。"他的声音很小，他怕狮子座笑话他。他的确是想当服务员，穿着制服穿梭在餐馆里。

看着狮子座没有应声，他有些着急，不停地解释。终于，狮子座打了个响指："我明白了。你说的那个就是酒店里的服务生，那你得考个职业学校学酒店服务。"

"我真的可以吗？"他本来满眼憧憬，忽然又暗淡了，"他肯定不会答应的。他就想让我和他一样。"

很多年前的狮子座家里，气氛沉闷。高考志愿表搁在桌子上，她执拗地不肯下笔。父亲说："选新闻！"

母亲说："听你爸的。"

他们给狮子座分析形势，告诉她现在社会上的工作很难找，所谓子承父业自古都是的。他们说她分数考得不差，干吗要去读师范呢，她要是想读师范何苦还要过高考的独木桥，幼师专业去中专就可以了。

他们说："我们家这样的条件，你去幼儿园做老师，别人会以为你分数不够念好学校的。"

他们总是有各种理由，就是不问她，不问她到底喜不喜欢。

到了学校里，老师也是这么开导她，三个大人围着她说了一遍又一遍。最后缴械投降的还是她。

就算是到了现在，每每想起，狮子座心里还是有着一丝不平。她对谭仲彦说："我帮你！"

狮子座本想进去和双鱼座谈谈，但看着里面双鱼座和楚月正在讨论陶偶的事情，双脚就格外沉重，再也迈不开一步。恰好这时候鱼母喜滋滋地走过来："月月从小就和他关系很好，这些年他在外面，都是月月在照顾我们。"

鱼母说："我瞅着他们都老大不小了，也该办事情了。"

她们相互对视，狮子座忽然明了：也许她是感觉到了自己对双鱼座的感情，她突兀地提起这事儿，大概是要让自己放手离开吧。

双鱼座听见母亲说话的声音，和楚月一起从里面走了出来。

狮子座看着他们双双站在面前，有一种绝望蔓延开来。

屋外，扶贫办的人找上了门。

双鱼座和母亲跑过去给主任开了门。

楚月依旧是一副老好人的模样，想和狮子座攀谈："他情绪好了

119

许多，可能是谭仲彦的事情让他太着急了。"

狮子座"哦"了一声，并不准备把话题延伸下去。她想要转身离开，听到楚月在身后叫住了她。她说："你和他不合适的。"

就算狮子座自己内心已经体会到了这层意思，但是通过别人的口尤其是在楚月这里听到这句话，她还是无法接受。

狮子座认为这是一种挑衅。她内心的狮子正在梳理毛发，一根根竖起，蓄势待发。仿佛又回到了职场之中，她正在收集能量，寻找回归。

双鱼座全家和扶贫办打交道多年，彼此都很熟悉。

主任指着双鱼座说，你真是交了好运。他拿出一个牛皮纸袋，里面是武汉一个民间基金会的资料，这个基金会要在太平镇开展一个贫困家庭子女创业扶持计划。

这户人家终于要熬出了头，主任也显得很激动："你还犹豫什么？赶紧准备资料，这几天把手续办了。"

鱼母简直不敢相信自己的耳朵，一个劲地问："我没有做梦吧？"老人家激动地跑到楚月跟前，"月月，可算是有个救星了。"

刹那间，狮子座积蓄起来的怨气又被这消息吹散了。

太平镇很小，双鱼座家里的喜事不一会儿就被很多邻里知晓了，这一天上门道喜的人应接不暇，好不容易到了晚上，狮子座想找双鱼座谈一下，他又钻进去忙手头的人偶。

好一会儿他都没出来，谭仲彦等不及就催着狮子座。她盘算着这会儿大家应该都沉浸在摆脱债务的喜悦里，也许是时候和双鱼座谈谈谭仲彦读书的事了。

应付完那些上门拜访的乡亲后躲进屋子的双鱼座根本没有感到轻松。他还不至于单纯到不去细想资金的来源。

一贫如洗的他们当着狮子座的面接受了别人的捐助，然后摆脱了负债的窘境，这让双鱼座的自尊心受到了极大的打击。

尽管他平时给人的印象总是很谦卑、平易近人，但是骨子里，双鱼座也很自傲，他的自傲表现在他对谁都差不多，不温不火，没有过度的热情也没有过分的冷漠。唯独不知道为什么，在面对狮子座的时候，他总是时刻紧绷着弦。

她向他告白的时候，他是懵了，转而又想，也许是他们独处时间长了，她一下子迷失了，以为这就是爱。他没有应允。

后来他发现她开始刻意用一些手段来引起自己对她的关注，他直觉这是一个人生太顺利的骄傲者面对挫败时的不甘心。

他依旧没有搭理。想到一时兴起的她总有兴趣全失的那一天，到时候他岂不是像个小丑？

现在，狮子座正轻轻叩着他的门，莫名其妙地，他心跳得厉害。开门的瞬间，他很害怕对上狮子座的双眼，他怕看到她也和家人一样带着喜悦的微笑。假如这样，他就觉得她是在怜悯他，为了别人施舍于他的东西而感到快乐。

双鱼座拒绝这样的微笑，所以他板着脸，显得非常不耐烦。

明明这个家庭就要走出泥泞，狮子座觉得双鱼座应该会开心起来，能毫无顾忌地去追求自己的理想了，可是为什么他看上去并没有过多的开心？

想来想去，狮子座只能把这原因归咎在自己身上。他已经彻底厌烦她了，这是一个不争的事实。

狮子座打起了退堂鼓，她很害怕在这么好的气氛下还和双鱼座发生冲突。她正欲转身，眼角瞥到了谭仲彦那期盼的眼光。

硬着头皮，她关上了门。

"我能和你谈谈吗？"狮子座竭力表现得温顺一些，就像楚月那样，希望能博得他的好感。

他说："非要现在吗？"

现在双鱼座根本就不想见到她，可能是被突如其来的施舍搅乱了心绪，也可能是长久以来积压在心里的一些他不想面对的情愫。

"是关于仲彦的。"唯有这个话题，可能会让他们有重新平静相谈的机会，所以狮子座格外珍惜。她努力地放慢语速，因为太快的语速会让人觉得她咄咄逼人，就如以前的那个她。

她说也许上大学并不是唯一的出路。

双鱼座的口气很不屑，他反问她："不读书，他能干吗？"

狮子座向双鱼座建议，也许他应该和谭仲彦好好坐下来，听听谭仲彦自己的想法。双鱼座认为根本没有这样的必要，他十分了解自己的弟弟，处在叛逆期的他总以为自己能赚大钱，他才多大，根本不明白自己的将来应该怎么走。

狮子座说："你太武断了。你弟弟其实是个很有想法的孩子，你越是打击他，反而让他对你越反感。"

她一语中的，但他不承认。他说："我们相处十年多，怎么偏偏现在变成了反感。"

她有些生气道："你这是话中有话。"

他并没有否认，但已经不想再继续这个话题。狮子座克制着情绪说："离考试没有多少时间了，仲彦已经落下了很多，现在上一个职业学校对他是最有利的。"

"也许可以读酒店管理，出来做个服务生。"

这一句话本来说得好好的，换成在别的情境下其实并没有什么不妥。然而双鱼座今天特别敏感，他想到了家庭情况，想到了自己半工半读的学生时代，想到了突然出现的救济金。

他说："你是不是觉得我们这样的人家，就应该做服务员？"

多么讽刺，狮子座心想。明明是一番好意，却几次被他误解。面对双鱼座，狮子座不知道自己还能用什么来缓和两个人的关系。

她不想他们动不动就吵嘴，就算他不喜欢她，她也不想他再误会她。

他说："你根本不懂我们这种家庭出来的孩子。"

狮子座说："我懂。"

双鱼座说："你只懂任性而为。"

两个人便不再交谈。双鱼座顾自捏着陶土，可是他心思根本不在陶土上，捏了好多次都没成形。正懊恼的时候，狮子座的手机响起，双鱼座恶狠狠地伸出手指，指向门口。

直截了当的逐客令。狮子座委屈地看着他，接了电话就往门口奔。

电话是周伟打来的，自从那次他说要追狮子座后，周伟就每天都发来短信。有时候是笑话，有时候是天气预报、健康知识。

她基本都不会回复。

但周伟的韧性出奇的好，短信攻势也变本加厉，除了发点笑话，他还会用短信自说自话。

"你起床了吗？"

"哦，估计是没起呢。"

"今天天气还不错，你那里应该晴空万里吧。"

……

终于她受不了了，回一句："我在忙。"

然后就不会再有短信，但第二天又是如此。周而复始，狮子座才发现周伟这是在给自己下套，所以连着好几天她都忍住，任由短信不断进来，就是连一句"我在忙"都懒得回。

周伟估计是急了，决定改用电话进攻了。

周伟问狮子座："你的旅行结束了吗？"

狮子座说："还早。"

周伟说："看样子你是乐不思蜀了。"

狮子座本来就憋着火，没好气地在电话里说："你管得着吗？我就是一辈子都不准备回去了。"

对方在电话里呵呵地笑："你翻脸的速度还真快，我就是想着等你回来，请你吃顿饭，我欠你的，"他顿了顿说，"相亲饭。"

狮子座敷衍着挂了电话。

游泳的狮子，

　　我猜测双鱼座的金星可能也落在了双鱼座上。在现实情况中，一贫如洗的家境让双鱼座在和狮子座的相处中，往往处于消极自卑的状态，所以他拒绝狮子座的一切帮助。而另一方面，在背对狮子座的时候，他又会常常把自己深埋在房间里，靠作画和深思来掩盖内心因为白日里的强硬态度而萌生的歉意。

　　可是狮子座的金星却落在了处女座上，这样的人天生就特别追求完美，所以一点与自己内心设想不一样的细节都会放在心里，介意很久。狮子座极尽所能地和双鱼座的弟弟进行沟通，试图化解他们兄弟之间的矛盾，这种努力对狮子座来说非常难得，但是这样的努力不被双鱼座认可，使得狮子座从骄傲的一端陷入了另一个极端。

　　早在感受到自己对双鱼座的感情时，狮子座已经深陷在双鱼座的水面里。正在努力游泳的她已经有重新回到起点的念头。

扑火的鱼

第五章

小满

　　傍晚时分的欢呼声打乱了狮子座的思绪。她竖着耳朵，听见屋子里楚月正兴奋说着："太棒了！"

　　然后她听见双鱼座接话："嗯，差不多就快成功了。"语气中掩饰不住的喜悦。

　　满手沾着陶土的双鱼座兴奋地看着桌子上快要成形的玩偶。这会儿，他脸上沾了土渍，楚月伸手帮他擦拭，却忘了自己手上也沾着土，于是越擦越脏，两个人就这么互相看着，笑出了声。

　　他们刚烧好了人偶，和以前双鱼座爷爷做的人偶一模一样。尽管有许多不开心的地方，但是好在家里的债务没有了，陶偶也快要成形了，他心里的梦想都快实现了。

　　他第一次轻松地笑着。

　　那个以楚月做模型的陶偶终于做好了，狮子座心想，怪不得他们那么开心，肆意欢笑把之前的不愉快全然抛在了脑后，就像从未发生过。

第二天早上，双鱼座全家都去了扶贫办，狮子座一个人蹑手蹑脚走进了双鱼座的屋子。她倒是要看一看，让他们昨夜雀跃的东西到底是怎样的。

那个陶偶安静地躺在桌子上，狮子座拿在手上端详了很久。

人偶长着一张楚月的脸。她用手轻轻地抚过人偶的脸，从两道弯弯的眉开始，然后是眼睛也是弯弯的，微微眯起，笔挺的鼻子，上扬的嘴角。

那是一个笑偶，对着一个失意的人。

狮子座把人偶紧紧捏在手上。她的四周是散落在地上还没有来得及收拾的画稿，每一幅都是楚月，托腮的楚月，飞天的楚月，作揖状的楚月……

眼神流转，个个都在看向狮子座。狮子座想着每个晚上，双鱼座就在这样的环境中睡去，然后醒来照着画稿的人物姿态，在陶土上一笔一笔地勾勒。

他的喜悦都和楚月有关。

他的愤怒却都和自己有关。

"他们从小就很好，都老大不小了也该成家了。"鱼母的话犹在耳畔。

狮子座捏着人偶，她嫉妒，她委屈，她怨恨，她伤心。种种情感交织在一起，终于把她推向了崩溃的边缘。

她把人偶高高举起，有一瞬间狮子座就要鼓足勇气把人偶重重摔下地，然后泄愤地看着它支离破碎。

她大可以这么做，因为他们让她如此难过。以前的她不就是常常这样针对双鱼座的吗？现在狮子座恨自己为什么就下不了手。

她的手举着，那个人偶精致得不得了，她又舍不得，终于还是放了下去。她瞅着桌子边还有一个还没有上色的人偶，安静地搁在台子上。

她好奇地摸着，看着边上已经调好的颜料。狮子座想，楚月能帮忙，我为什么不能呢？

她拿起画笔，就像小时候美术课填色一样，小心翼翼一笔一笔地刷着油料。渐渐地，一件碎花布的衣裳就快成形了，她嘴角浮起满意的笑容。

大功告成后，她放下笔，听见屋外传来一串脚步声，双鱼座和他父母已经回来了。她慌张地想跑开却已来不及。

门外，鱼父在问人偶制作的情况，双鱼座掩饰不住兴奋，侃侃而谈。

"果真和以前爷爷那会儿的一模一样吗？你把温度都试验好了啊？"鱼父非常高兴，想着家里的负债已经可以还清，大儿子又争气地把祖上的手艺捡了起来。

"爸，你想看看吗？"

"那当然了。"鱼母在边上插了一句，"这次啊，我们还是要好好谢谢月月的，她为了你啊，忙前忙后的。"

双鱼座跑进屋里，顿时呆住了。狮子座手上还拿着人偶，扭头看到怒不可遏的双鱼座。

"你太过分了！"

她看着那个明明被自己上色成功的人偶，此时却成了五颜六色的模型，各种色彩交织并揉，竟看不出原样了。

"对不起，我不是故意的。"

"不是故意的，它就变成这样了，要是故意了你是不是想把它摔碎了？"

扑火的鱼

她慌张地想着他怎么猜到了她本来的心思。

她其实就是急火攻心，但是并没有真的那么做。

她眼神里的闪烁让双鱼座坚定了对狮子座的看法。他对狮子座彻底失望了，冷冷地说："你还想要什么？"

狮子座一连说了很多对不起，她不知道自己竟然会把陶偶弄坏，她知道这是双鱼座花了好久时间的心血之作，她就是不喜欢它的脸而已。

心急之下，她说我赔你。

双鱼座退后一步，直直地注视着狮子座。她拿钱来侮辱他了是吗？

他说："你真是恶习难改。"

"我们之间，一切都起源于那天我没有给足你面子，我应该受宠若惊地面对你的表白对吗？"

"我本以为你是一时兴起的爱，现在我想，你得不到自然就不服气。现在我告诉你，总有一些东西是你得不到的，就像它一样。"

他把人偶重重地摔在了地上，好好的人偶就这么变成了一块又一块的陶土片。双鱼座父母和楚月已经在门外停留了很久，听见声音便推门进来。

楚月打着圆场说："她不知道颜料要加温，也不懂温度，所以才会这样，肯定不是故意的。"

楚月说："你不要生气了，我陪你一起，重新来过。"

"是啊，是啊，让月月陪你再烧过。"鱼母急忙接话。

狮子座蹲在地上，一块又一块地捡着陶土，鱼母见了，赶忙过来，想要拉起她。

"领导，还是我来吧。"

"阿姨，我来吧。真的求您了，让我来吧。"狮子座脸上挂满了泪水，只顾着自己在地上捡。破裂后的陶土片很尖锐，划在皮肤上渗出了点点血滴，狮子座竟然浑然不觉，她耳朵里只反复地响着双鱼座的怒斥。

"总有一些东西是你得不到的，就像它一样。"

这天晚上，狮子座没有睡觉，她一直坐在地上，看着一堆破碎的陶土片。对面屋子里的双鱼座也是彻夜未眠，新的人偶在他手中成形。

没有人再为此欢呼，楚月松了一口气，在凌晨2点的时候离开。她往狮子座的房间里望了一眼，看着屋子里仍有灯光，轻轻推开门，告诉狮子座人偶重新做好了。

"你早点休息吧，坐在地上会着凉的。"

狮子座呆呆地坐在地上，没有起身。楚月进去看见狮子座红肿的双眼，她说不上是什么滋味儿，自从狮子座来到双鱼座家里，她就直觉这是一个和自己一样爱着双鱼座的女人。

试问有谁会坐那么久的火车，就为了看一下曾经下属的境况？

楚月从来没有像今天一样对狮子座抱着矛盾的心情，她嫌恶狮子座的刁蛮作风，但看到平日骄蛮的狮子座坐在地上默然流泪，又开始同情她。

楚月想，她其实并不坏。

"那个人偶真的很好看。"狮子座终于说话了，她抬头看着楚月，"和你一模一样。"

楚月说，谢谢，那是双鱼座最大的心愿。

狮子座对自己说，是啊，双鱼座最大的心愿，做一个和眼前的人一样的人偶。

他的心愿与自己无关。

楚月说："你去睡吧，明天他气消了自然就没事儿了。"

狮子座点点头。

楚月说："那我也回去休息了。"

"楚月。"狮子座叫住了她，"你们开个淘宝店吧，卖人偶。不需要太多资金，接单定制。"这的确是一个很好的主意，双鱼座的心愿就是能够重新让人们见识太平镇烧陶人偶的风采。他很想和爷爷一样，就做一个人偶工匠。

但是谁都不知道，制作出一个又一个人偶之后该往哪里卖。

"好主意，你明天自己和他说吧。"

狮子座说："你说吧，他不会愿意听我说话了。"

第二天早晨，双鱼座起来得很晚。桌子上的陶偶完好无损地放着，他长长吁了一口气，想到昨晚，他不知道今天面对狮子座的时候，应该怎么办。

他走到客厅，楚月已经在帮着母亲做家事。早饭摆在桌子上，除了清粥之外，还多了两个鸡蛋。家里条件不好，鸡蛋就是个大菜了。

"阿姨说，家里现在已经还清债务了，你又把陶偶重新琢磨出来了，所以特地给你加菜！"他真的有点饿，剥了一个就放在嘴里。伸手还准备剥第二个，却被母亲打断了："这个给你们领导！"

他看了下时间，已经10点多了，狮子座还没有起床，是在赌气摆架子吗？"昨天她也很晚睡的，估计还没起来吧。"

双鱼座没吭声，吃完早饭，准备出门透透气。他窝在家里很久，也没留出时间好好看看太平镇的变化。

走着走着就到了谭仲彦念书的学校，读书声朗朗，让他想到了自己念书那会儿，兴致一来就走了进去。

游泳的狮子，

恰好就碰见了谭仲彦的班主任。班主任见了他之后，倒不像以前那样愁眉苦脸地抱怨谭仲彦逃学了。

"他最近像换了个人似的，上课也很认真。"听着班主任夸谭仲彦，他还有些不好意思。

"可是这次模考分数还是上不去。"

"这个嘛，急不得。毕竟谭仲彦落下太多课了。"老师把双鱼座请进了办公室，对他说，应该考虑去读职业学校，因为现在竞争很激烈，就算勉强上了一个很普通的高中，到时候考大学仍然很困难。

"这是你家谭仲彦填的志愿意向，我们了解过，这些专业以后的发展方向都很不错。樊城也在大力发展旅游，以后酒店的基础人才肯定是很紧俏的。"

双鱼座点着头，觉得老师的话也不无道理。那天狮子座也是这么提议的，当时他竟然就发起了脾气。

双鱼座心里对这件事有些愧疚，回去的路上觉得狮子座再不对，在对待谭仲彦这件事情上，却比自己要开明许多。

回到家中，桌子上的早饭还好好地摆着，楚月和母亲又在忙活午饭了。母亲有些为难地对双鱼座说："怎么还没起床啊，这早饭还搁着吗？都快吃午饭了。"

"要不让月月去看看？"

双鱼座点头应允，楚月放下手中的菜，就往狮子座的房间走去。她先是靠在门边听了好一会儿，觉得里面并没有动静。

双鱼座说："你直接敲门吧。"

门并没有关上，楚月轻轻一碰就开了。她走进去，房间收拾得很干净，狮子座人却不在。

"她走了。"楚月对双鱼座说。

双鱼座走进房间，狮子座的行李已经不在了，她果真走了。床上用报纸包着一堆东西，他打开，是一堆陶土，勉强拼成了人偶的样子。

　　狮子座给他留了一张纸条，泪迹斑斑的纸条上歪歪扭扭地写着三个字：对不起。

　　楚月建议双鱼座给狮子座打一个电话，双鱼座说没有必要。见双鱼座拒绝得那么直接，楚月没有再提。

　　午饭的气氛并没有因为少了狮子座而显得冷清，鱼母滔滔不绝地说着连日来接待这个大城市领导的心得。

　　母亲问双鱼座："为什么领导忽然走了？是不是家里没招待好？"

　　双鱼座摇摇头。

　　"那你什么时候回去上班，给领导说说，不管怎么样我们也要谢谢人家特地来家里看望我们。"

　　"我已经辞职了。"

　　双鱼座说，自己早就辞职了，所以才在家里待了那么久时间。现在他就想着要办一个工作室，专门做人偶。

　　母亲听着双鱼座的计划，虽然嘴上说着好，心里还是很着急。大儿子把大城市的工作丢了，回家弄工作室，虽然这是儿子的理想吧，但是这做生意总是有风险的，而且往哪里卖这些人偶呢？

　　吃完饭的时候，她终于憋不住，把心里的疑虑说给了儿子听。

　　双鱼座其实也不知道下一步的计划，所以听到母亲的疑虑也陷入了沉思。

　　"啊，开网店吧，在网上卖。"楚月想起了狮子座的话，"现在很流行淘宝的，咱们就开个淘宝店，也不需要租金，有人下单了咱们就做。"

"好主意，我们还可以根据客人提供的画稿个性化定制。"双鱼座忽然思路大开，"这么好的主意，楚月你是怎么想到的啊？"

楚月笑着说："就是突然想起来的。"

午饭之后，双鱼座就拉着楚月开始研究开网店的事。带着创业的激情，双鱼座异常兴奋。

楚月心里曾有过说谎后的不安，但看着双鱼座，生生把实情吞了下去。她想起狮子座说过，如果告诉双鱼座是她的主意，双鱼座可能会不乐意。

她拿这话安慰自己。

晚上，谭仲彦自习回家，第一时间就跑到狮子座待的房间。他想告诉狮子座今天老师找他谈话了，说哥哥非常同意自己报考职业高中，现在他就要进入 B 班进行基础课的补习了。

他叩门，没反应。双鱼座从屋子里走出来："她回家了。"

谭仲彦不相信，推开门在狭小的房间里找了好一会儿，才垂头丧气地走了出来。

"是你把姐姐气跑的吧。"他厌恶地看着哥哥，"姐姐什么时候走的？"

双鱼座说："我不知道。"

没人知道，狮子座是在拂晓的时候，悄然离开的。那时候室外还有些凉意，她拖着箱子走在镇上，偶有几个赶早市的摊贩和她擦肩而过。

上车的时候，她有些不舍地看着窗外，眼见着太平镇渐渐消失在眼底，她心里默默地说，我终于还是走了。

回到家中，狮子座就病了。进门的时候，狮母还在嘲笑她终于迷途知返，知道还有个家。

她一听这成语，眼神立刻变得灰暗无光。没有往日母女斗嘴那股机灵劲，放下行李拖着疲惫的身体趴倒在自己的床上。

这一觉就像是倒时差，她逼着自己睡下，却怎么也睡不踏实。脑袋嗡嗡作响，呼吸也越来越不通畅，翻来覆去间总觉得有人在耳边和她说话，她又听不懂对方说的是什么，迷迷糊糊的时候听到母亲说："囡囡，你怎么浑身那么烫！"

狮子座被母亲摇醒，灌了很多复方冲剂，然后听见狮母给公司打了电话，一请又是一周。这才放心地给女儿盖上薄毯走了出去。

一直到了第二天的中午，她才有些回神，高烧退去后浑身都是酸疼的，她慢吞吞地穿衣服，准备出门。

熬着汤的母亲见了，赶紧拉住她："你上哪里去？"

"去公司啊。"狮子座想不出除了工作之外，她现在还能干些什么。

狮母告诉狮子座，早就给她请假了。少了狮子座，马丁传播照旧转得很好。

狮子座听了，顿时觉得自己真的什么价值也没有了，于是又准备钻进被窝里睡一觉。连着两次，狮子座都没有和母亲斗嘴，这在狮母看来是一件极其不正常的事情。

早前她发现狮子座的车子已经消失很久，后来她特地去马丁传播的写字楼里找，车子也不在那里。她就敏感地知道自己女儿发生了一些事情。但女儿不说，她也不问，只准备等女儿回来观察一阵子。

现在度假回来的女儿就像换了个人，那些充斥在眼睛里的骄傲换成了一股无法言说的哀伤，在她记忆里，的确有过那么一阵子，她的眼睛里也是这样的神情。

那是狮子座高考的时候，他们和她意见相悖。她妥协了，然后一连好几天也像现在这样精神不振。不过现在的情况好像更加严重一些。

休息了三天，狮子座觉得身体恢复了很多，可是家里还是不允许她去上班，她只好继续窝在家里，上上网。

没有工作的时间过得很漫长，她时不时想到双鱼座，于是就开始反复回忆和咀嚼双鱼座对她说过的每一句话，然后又搅得自己一阵心酸。

晚饭的时候，一家三口难得聚在一起吃饭。狮母问狮子座的车哪里去了，狮子座说卖了。这下倒是让狮母急了起来，家里又不缺钱，她卖车毫无道理。

"把车卖了，钱给慈善机构了。"狮子座说得轻描淡写。狮母还想唠叨几句，狮父倒是在边上很是赞许地说："关心公益事业是好事嘛，车子再买一辆就行了。"

这个话题就这么草草结束，狮子座回房间的时候，狮母也跟了进来。她把门关上，坐在床边看着狮子座。

"你回来以后好像变了个人，是不是出了什么事情？"

"没有。"狮子座摇摇头。

"你是我生的，我会看不出来？"狮母握着狮子座的手，她们母女很久没有这样子谈话了，她说，"你也不小了，做事情不能再冲动了，你出门旅行的那阵子周伟经常来家里，他们家和我们家门当户对，周伟各方面也很优秀，你好好考虑一下。"

狮子座原本以为母亲是来谈心的，没想到是来充当说客的，一下子就厌烦起来，推搡着母亲说："妈你好烦，出去让我一个人休息一会吧。"

狮母无奈地走出门，末了还特别加了一句："你要真不喜欢周伟，我再安排别的对象。"狮子座只觉得母亲又好气又好笑，一边敷衍着一边关上了房门。

说曹操，曹操到。

狮子座才关上门，周伟的电话就打了进来。她接起来，口气显然不好："周伟，我真不想做你女朋友，你行行好放过我吧，缠着我就是浪费你的青春。"

周伟说："你拒绝得真干脆，就不再考虑下我了？"

狮子座说："你不是我喜欢的类型，上赶着不是买卖。"

周伟倒是洒脱，在电话里说："好吧，那饭还是要补上的。"狮子座说真不用在乎一顿饭，草草挂了电话，没多久手机又响了起来。

她厌烦地直接接起来："你又有什么事情？"

对方涩涩地叫了声："姐。"

狮子座立马从床上站了起来："谭仲彦？"

电话是谭仲彦打来的，他的口气有些幽怨："姐姐，你怎么走了也不告诉我。"

狮子座说："太突然了，来不及。"她语气装着很轻松，然后问道："彦彦，你读书的事儿怎么样了？"

谭仲彦说："哥哥已经同意了，我现在在基础班复习。"

狮子座连连说好，就再也找不出别的话题了。

谭仲彦说："姐姐，你还生哥哥的气吗？"

回家的日子里，从来没有人提过双鱼座的名字，现在在电话里被人念起，她的心跳还是会猛地加快一下节奏。

狮子座说："我没生气。"

对方松了一口气："那就好，我和哥哥不一样，你就算生他气也不要嫌弃我。"

狮子座笑了，原来他是在担心这个。她安慰他说："等你考上了学校，我就再来看你。"

握着电话的谭仲彦，拼命地点头，他忘了这个动作狮子座是看不到的。双鱼座推开门，看着弟弟拿着他的手机，就好奇地问："你在给谁电话？"

他的话传进狮子座的耳里，那个熟悉的声音就在耳畔。她有些期待，又有一些害怕。只听谭仲彦在电话里匆匆和她道别，就挂下了电话。

留给狮子座的只有一长串的"嘟嘟"声，以及一阵失望。

双鱼座看到通话记录，半天没有回神。

回马丁传播上班的第一天，狮子座打扮得格外精神。办公室里多了好几张陌生的脸，见到狮子座都是一副言听计从的样子。狮子座觉得了无生趣，又想到了双鱼座。他就不一样，有自己的想法和主意，也不会管对方是不是上司。

她透过玻璃隔断看到双鱼座的位置上，小陈正趴着午休，心里又是一阵止不住的想念。

晚上，大敞间里空无一人。她从自己的办公室里走出来，把灯全部熄灭。在双鱼座的位置上坐下，她拿起耳机，闭上眼睛。

双鱼座的声音从耳机中传来，他温柔地念着："我曾爱过一个人，大约是一年以前……"这原本只是那次相亲活动宣传用的故事。她泡了一壶茶，准备静静地听上一晚，热茶洋溢着暖气，熏得狮子座眼眶泛红，她发现自己的眼角湿润了。

狮子座手上有一份完完整整的录音，是当初他们为相亲活动录制的。现在它成了一剂毒品，让狮子座听上了瘾。

30个故事，她每天都留在办公室里一直听到深夜，这样的状态持续了一周。她知道这样的状态不对，但是她是这么说服自己的：就让我把它们听完，然后我会把过去忘记。

最后一晚，她依旧关上了所有的灯，靠在双鱼座曾经坐过的椅背上。略带忧伤的背景音乐响起了，过了好一阵子，双鱼座的声音从耳机中传来。

这一次，故事的结尾有些令人遗憾，所以他的声音也透着一丝忧郁。所有的故事都念完了，她听得动容，想要关机的时候，耳机里又传来一阵嬉闹。

"啊！完工了。"

"嗯，请你吃个饭吧。"

"明天情人节的那场活动，还得精诚合作。"

对话戛然而止，她早已经潸然泪下。出了写字楼，室外正下雨，她没有伞，就这么淋着雨走了出去。

不远处，有一个人影从车子里走了出来。对方没有说话，只是给她打着伞，拉着她往车里走。

一路上，周伟没有说话，车子缓缓地开着。到了家门口，被雨点打湿的脸早就被狮子座擦拭干净，连泪痕都没有留下。

狮子座说："谢谢你。"

周伟说："我是恰好停在路边看风景，你不要多想。"狮子座看着周伟，心想他和自己一个星座，倔强得有些不可理喻。谁会下雨天把车子停在路边看风景呢。

她笑着说："那你再回去看一会儿？"

周伟说："不了，我送你上楼吧。"

狮子座连连摆手，生怕他上去又惹得母亲误会。周伟听了有些失望，就开着车回去了。

游泳的狮子，

140

狮母正坐在客厅的沙发上等着狮子座，她一进门就被叫到母亲身边坐下。

狮母神色严肃，桌子上摆着一张请帖。她不解地打开一看，原来是母亲发小的女儿结婚了。

狮子座大概知道母亲心里又在想些什么，她觉得挺无聊，就想离开。

哪知母亲用力把她按下，郑重其事地说："明天开始给你安排相亲，这是我和你父亲一起商量的结果。"

狮子座说："我真的不需要。"

狮母说："我们需要！"

她一脸的不情愿，坐在咖啡馆里。对方正滔滔不绝地做着自我介绍，大抵情况是：男，30岁，没结过婚，大学老师。配合着对方介绍的是一个PPT，正播放着对方上课时的风采。狮子座听着听着，觉得这场相亲真像是去学校里听了一场讲座，冗长、无趣。她开始抱怨自己怎么偏偏听从了父母，浪费休息天在这里和一个大学老师交换关于社会传播的观点。

老师问她："你工作中会不会理论和实践相结合？"

狮子座实在撑不住，谎称要去洗手间，然后转身就偷偷从另一个门溜走了。

回家以后，狮母劈头盖脸一顿指责。

她吐吐舌头说："这个真不行。"

母亲倒是很爽快，既然这个不行那就换一个。她用几近哀求的态度对狮子座说："一二不过三，你见了三个之后总得相互比较，总结经验才能告诉我们你到底要什么样的。"

狮子座说："我什么时候说要通过这样的方式来总结自己需要什

扑火的鱼

么样的对象了？"

狮母略带不满地说："人家周伟那么好，你说不合适，那我就真不明白你想要什么样的了。"

又是周伟，狮子座心里狠狠地想：什么样的也不能是他这样的。

第二次相亲，男方把地点选择在一个创意园里。狮子座倒是挺满意这样的相亲地点，起码不用像以往那样傻傻地端坐在饭桌上，听着陌生人冗长的说教。

这一次的对象是个室内设计师，人倒是长得温文尔雅。狮子座不得不承认，这批相亲对象的整体水准的确远高于以往任何一次她母亲捧来的照片。

谁都喜欢和美好的事物待在一起，于是这本来格外无聊且无趣的相亲总算让狮子座找到了一点点有意思的地方。起码她发现，自己母亲的审美终于上了一个台阶，只可惜她依旧对对方不来电。

狮母肯定不知道自己的女儿早就心有所属，且处在自我疗伤中。这个执着程度异乎寻常的星座，有着不撞南墙不回头的持久力。所以在这种状态下，狮子座是不可能真正敞开心扉去对待任何一个人的。

她把自己现在的状态定义为一个水杯，里面已经盛满了水。尽管她目前正处在倾倒这些水的阶段，但是这并不意味着她可以一边倾倒一边注水。她很清楚，自己必须首先完成倾倒杯中水的第一个步骤，才有可能继续开展第二步。

那个长相温和的室内设计师一来却没坐下，只是笔直地站着，他说："这个地方很有意思，我们不应该浪费时间坐着喝茶。"

他言下之意是要带她四处逛逛。狮子座想着反正自己也没来过这个地方，不如就跟着他走走、看看，总比四目相对要有趣一些。

这个创意园是由以前的丝绸工厂改造的，很多蒸汽管道就暴露在眼前，锈迹斑斑，倒是别有一番味道。这园区被很多创意公司分割成了无数块，有她的同行广告公司的，也有倒卖木头家具的。当然最多的还是一些装修风格奇异的咖啡屋，就像他们刚才碰面的地方一样。

设计师带着狮子座走了好些店。她被一家陶土工艺店所吸引，是美院陶瓷系的学生合开的工作室，里面陈列着一些杯子、碟子。

"你喜欢这里？"设计师双眼闪着光芒。

这地方让狮子座无法不想起双鱼座。她猜他心里的梦想也许就是开这么一个工作室，陈列自己的人偶作品，顺带也提供 DIY 的场所。

"如果你喜欢，我可以让老板送你一套杯具。"他笃定地说着，正等待着狮子座开口。

她终于卸下了严肃的面具，倒是好笑对方的慷慨："你不请我吃饭，倒是那么大方地送我杯具？看来我们的相亲真是个悲剧啊。"

这番调侃似是让原本尴尬的相亲气氛轻松了不少，对方笑着说："其实我刚才在外面观察了你一会儿，你的样子似乎很不耐烦，所以我猜测你和我一样，都是被动而来。与其如此，倒不如省下这个饭钱，送你一个我们店里的好东西，权当做一个广告啦。"

原来这店是他开的。怪不得他会选择在这个只有艺术圈的人才会常来的创意园里相亲。

"你们这里除了卖杯子就没有别的产品了吗？"狮子座心里打着算盘，她想如果把双鱼座的人偶放在这个地方，也许是一个非常不错的展示场所。

"有寄卖的一些陶艺作品。我在美院读书那会儿，选修了陶艺课，所以认识很多有此爱好的同学。这个地方就跟他们的据点似的，他们把自己的作品放到这里卖，偶尔也会有一些展览。"

她凑上去观察这些杯杯碗碗，它们一个个出落得洁白剔透，壁上的花纹也是格外精致。只是和双鱼座的烧陶人偶相比，这些东西似乎还缺少一点她不能言明的东西。疑惑间，她微微皱起了眉，被眼尖的设计师看在了眼里。

"这可是我的毕业作品，旁人我还不舍得赠送哦！"设计师骄傲地凑了过来，"你似乎对这些东西并不满意。"

"不，它们很美。干净得近乎完美。"她顿了顿，看到对方原本激动的眼神里忽然蒙上了一层失落。

"很多人都这么说。"对方转身，示意狮子座可以再看看别的东西。她扫了一圈，终于想到了一个词语来形容这里的东西：清冷。这种调调似是拒人于千里之外，和双鱼座那色彩艳丽、造型生动的烧陶作品相比，它们缺少了生命力。

"生命力！对，差这个。"

这句话似乎触动了设计师的内心，他遗憾地摊摊手说："这已经是我试验了十多次之后的成果了，每次的上色都呆板得令人发笑，所以才索性让它们就这样示人。我记得我曾在艺术史里了解过一种中原地区的烧陶技艺，只可惜一直找不到传人。"

她内心扯开了一个灿烂的笑容，一切似是了然于胸。

与对方分开之后，已是傍晚，因为比以往任何一次相亲都来得持久，狮母絮絮叨叨地追问了好多细节，好在黄笠的电话来得及时，救了场。她挂了电话就跑了出去。

黄笠已经听说双鱼座家里得到了一笔来自基金会的捐助，现在欠债已经还清，余下的钱双鱼座分文没动。

他问狮子座："这事儿你清楚吗？"

狮子座支支吾吾地说："不太清楚，就听……听说了。"

黄笠说："你前阵子不是去了太平镇吗，怎么不清楚呢？"

狮子座说："人家家事，我怎么好多问！"黄笠表示理解，转而又告诉狮子座，双鱼座在淘宝上开了店，看来是不会回来工作了。黄笠颇有一些遗憾。

狮子座也跟着唏嘘了一会儿。

和黄笠分开后，她立刻上网搜烧陶人偶。果然有一家樊城的店铺，而且只此一家。

网店界面很朴素，照片拍得很小，整个体验并不太好。狮子座皱着眉看着交易记录，至今才两笔。

她有些担心，不知道双鱼座会不会因此而大受打击。

想着想着，狮子座的头就开始隐隐抽痛起来。双鱼座斥责时的怒气，双鱼座对楚月微笑时的面容，双鱼座念着爱情故事时的温柔……一点一点不断在脑海里涌现。

狮子座太清楚，这些记忆会时不时地在脑海里出现，搅动她极力克制的平静。

她本来认为自己可以彻底告别，可是现在她又不自信了。假如那么容易遗忘，她就不会固执地坚持那么久。她不由自主地点开了双鱼座的网店，掌柜的头像暗着。

狮子座点开头像，又关闭窗口。她自己也不知道，这是出于什么样的目的。

忽然对方的旺旺就亮了。

对方问问："亲，有什么可以帮忙？"

狮子座慌了手脚，不知道该说什么。对方还在发送表情，狮子座就匆匆下了线。有过这样的经验之后，狮子座就注册了一个新号码。

她有备而来，便不会慌张了。

她上去，发了个笑脸。

那一边，双鱼座正在接电话，楚月看着电脑前面有人说话，便叫着双鱼座说，有客人来了。双鱼座说你帮我接待下。

楚月坐在电脑前，也发了一个笑脸。

狮子座说："你家里只有一种模样的人偶吗？"

楚月说："是的。但是每个的姿态是不一样的。"

狮子座说："这样的话产品很单一，而且你们的宝贝描述也不太吸引人。"

楚月心想，这是遇到砸场子的了吗？她客气地说："谢谢亲的建议。"

狮子座一连给楚月发了好几个网店链接："你看别人家的界面就很舒服，你们家的东西很好，如果在网店界面上花点工夫，我们这些顾客才会有逛个性店的感觉嘛。"

楚月连连说："谢谢。"

狮子座满意地下了线。

楚月本来想告诉双鱼座，有一个客人提了很多意见，但是见双鱼座紧锁着双眉，拿着电话走了出去，她就把这事情忘在了脑后。

双鱼座在电话里问黄笠："她一点儿反应都没有？"

黄笠说是的，好像基金会的事情狮子座真的不知道。

双鱼座皱着眉，想着这从天而降的善款，他不信自己会有那么好的运气，偌大一个太平镇偏偏就只捐赠给他，还指明了用途。

黄笠说服他说："也许就是这么巧合，现在到处都在扶持民间艺术，你爷爷的烧陶人偶本来就享誉太平镇啊。"

既然从黄笠这里打听不到信息，双鱼座和他寒暄了一阵就挂掉电话回了屋。

一连好些天，狮子座拼命在网络上购物，快递不断送进家门。狮母有些不悦，说："你买这些娃娃干吗，还长着别人的脸，看着心慌。"

狮子座说这叫艺术品。

她把人偶一个个摆在自己的书桌上。双鱼座果然是拿楚月做了模特，然后进行了改良，现在每个娃娃都长得形似楚月，但又在细微之处做了一些艺术改进。

狮子座盯着这些人偶，心里仍有一些不甘。

翌日，狮子座在每个人偶包装盒里都放了一张名片，上面是网店的地址，带着一套人偶，约了设计师去创意园。对方打开盒子，对这些工艺品非常有兴趣，立马向狮子座索要制作者的联系方式。

"你先别急，对方希望能先把这些东西放在你店里寄卖，等过一阵子我会牵线让你们认识的。"

狮子座期待这样做能帮助双鱼座的网店尽快冲上钻。

双鱼座的网店开了半个多月了。那天他从樊城回来，找寻基金会善款捐助人的情况还没有一点眉目，回家的时候，楚月告诉他有个客人一口气订了好多娃娃。

他听了很是兴奋，和楚月一起重新又检查了一遍包裹，确认无误才喊来了镇上的快递。一看地址，双鱼座心里犯了疑。

双鱼座上网，想联系一下对方，点开聊天记录的时候，才发现原来这个客人还向自己提了那么多意见。

他的直觉总是不断地提醒他，这个客人很可能是狮子座。

又过了一个礼拜，双鱼座的网店访问量激增，好些访客在页面上留言说人偶很漂亮，画工很精致。

他看得云里雾里，不知发生了什么。终于，他逮到一个客人，好奇地问对方是怎么知道的网站。对方说在创意店里买了人偶，里面就有网店的宣传地址。他要来了创意店的联系方式，一个电话就拨了过去。

起先，设计师还以为又是一个想要买人偶的顾客，他说："人偶已经断货了，我们正准备进货。"

双鱼座好笑地问："你要从哪里进货？"

这一问倒是让设计师警惕起来："你是？"忽然，他兴奋地在电话那头喊着，"你就是制作者吧。太好了，小林终于答应让我们直接联系了。"

双鱼座在电话那边听到了狮子座的名字，一下子懵了，还没听完对方在电话里的批量求购且面聊技艺的请求，就呆呆地把电话搁在了一边。

他心里凌乱，找不到头绪。

双鱼座以为，自从狮子座的不辞而别之后，他的生活应该已经和她没有交集了。他安心地经营着自己的淘宝店，她则应该又变回了那个职场女强人。

为什么，她还是时不时出现在他的生活里，而他却浑然不知？

　　夫妻宫为面对面关系之宫，从中可以看出与配偶、异性和他人之间的相处模式。夫妻宫位于太阳的狮子座，喜欢把自己的想法强加于人，在感情方面她的确是任性妄为，甚至不可理喻。别人都不知道，当我的闺蜜用坚强来伪装自己的时候，其实已经在角落里默默流泪。

　　此时的狮子座似乎已经懂得如何掩藏自己的感情。江山易改本性难移，当火一般的狮子选择潜入水底，这种改变反而让双鱼座更难表达自己，让两个人之间的相处变成了另一种难以捉摸踪迹的模式。总之，我并不赞成狮子座偷偷地给双鱼座各种各样的帮助。因为我知道，越是这样，越是改变，意味着他们的距离越来越远。

　　双鱼座表达感情的方式并不浓烈，就像一杯温吞水。所以他往往会缺乏宣泄情感的勇气，就算有了倾心的异性，也往往不敢主动表达。尽管他在心里已经确定了谁是那个暗中帮助他的人，也其实非常知道自己内心深处的爱，可是他就是害怕。他选择用落跑的方式来回避，也使得自己最终陷于楚月、狮子座和自己三个人之间的尴尬境地。

狮子座每天都会去双鱼座的网店，看看对方的访问量和交易记录，现在这家店的人气明显旺了起来。

她心情也随之好了许多。上班前，母亲又叫住了她。

"晚上不要忘了。"

终于，第三场相亲还是来了。

原本狮母以为第二场相亲能守得云开见月明，却没想到对方尽管勤快地联系着自己女儿，两个人却越来越像哥们一般交往。这可急死了这位奔六的中年妇女。

忍不住心里的疑惑，她终于把晚归的女儿堵在了房门口："那个设计师不好吗？你们来往有一阵子了，怎么样？"

"就那样。"她不耐烦地回答，想从细缝处挤进房间，回归到她柔软的大床上。这几日公司的案子烦得让人都想辞职了。

"那样是哪样？你都老大不小了，对方也是适婚年纪，如果对得上眼就不要磨蹭了好不好？"

"哎哟，妈，上次我不是说了吗，感觉像哥们。谢谢你给我找了那么好的一个兄弟，我觉得我像是找到了失散多年的哥哥。"

"呸！怎么说话的。"狮母越听越来气，"我看你就是死偬。你不表白是吧，好，妈帮你说。我让介绍人去传达意思。"当下，狮母就掏出了手机，看阵势是非要在今晚问出个所以然了。狮子座无奈地抢过母亲的电话。

"妈，你可保护好你的心脏。"她掏出自己手机，打开网页，"我这个哥哥，对我没意思，确切地说，他对这样的有意思。"

狮母呆呆地看着网页上的图片，半信半疑地看着女儿："不会的吧？"

"你觉得呢？我拿这个骗你，等下你一问介绍人，过不了多久不就揭穿了？我至于笨到这样吗？"

"怪不得，我是觉得他几次来，讲话时的手势怎么女里女气的……"狮母还想继续叨叨，却看见女儿已经不耐烦地捂住了耳朵。

想着自己的这次相亲居然给女儿介绍了这么一个人物，狮母心下就自责了许多，不停地跟在狮子座后面安慰："都是妈妈不好，妈妈一定给你介绍个正常的。"

"妈，现在让我睡觉好不好？不然我也得不正常了。"

狮母的相亲计划消停了两天，终于还是来了。狮子座只想赶紧终止母亲的这轮相亲计划，她果断地点头。下班以后，她就打车去了相亲地点。

这一次，狮子座被安排在一个私人会所里。既没有创意园的店铺可以逛，也没有办法实施临阵脱逃的计划，因为这里前后只有一个门。

她正佩服对方心思缜密的时候，周伟进来了。

第三个相亲对象原来是周伟，这让狮子座挺意外的。想到周伟的执着和自己如出一辙，她倒是有些惺惺相惜起来。

狮子座体会过被人拂去好意的委屈，看着面前的周伟就好像看到了当时的自己。她也许应该和周伟好好地吃一顿饭。

周伟说："我们可以从普通朋友开始，我不会逼你，但是你也不要赶我。"

狮子座沉吟了片刻，说："好。"

这之后，狮母的相亲活动就消停了。狮子座发现拿周伟做挡箭牌倒是挺合适的。之前工作的时候，每逢晚上加班，狮母总是会絮絮叨叨很久。如今狮子座找到了非常冠冕堂皇的理由。

"和周伟吃饭。"

狮母在电话里乐呵呵地说："那就晚点回家噢。"态度转变之快，让狮子座汗颜。这边打发了母亲，那边狮子座又赶紧给周伟发了短信，以防母亲会突然来一手突击检查。

到了晚上回家的时候，周伟总是"凑巧"就又出现在狮子座公司的楼下，然后充当一回司机。

一来二去，狮子座对周伟倒也亲近了许多。她当然还是能感觉到周伟言语间的暗示，但是她总是装傻，当做没听见。

终于有一次，周伟按捺不住好奇心，他问狮子座："你心里是不是早就有人了，所以无论我怎么做，你都满不在乎？"

狮子座听着这分外熟悉的台词，内心深处有一块柔软的地方被轻轻触及，她认真地看着周伟，看着他眼神里的不甘心。

她说："周伟，我心里的确有人了。"

仿佛被人猛烈地撞击了一下，周伟呆立在路边，任由狮子座独自向前走去。缓过神来的时候，狮子座已经到了转角的路口，她听见周伟急促的脚步声，由远及近向自己靠拢。

她被他紧紧地拥在怀中，差一点就要窒息。狮子座安静地听着他急促的心跳，有那么一刹那她无法思考，不知道该怎么办。

"如果有人，为什么还是一个人？"周伟良好的教养终于在这样的话语里被击溃，他不顾她的抗议，生生地加重了手上的力道，把她紧紧地拥着，"忘了吧。"

狮子座在周伟的怀中抽动了一下，他听到她鼻息间的啜泣声，她的泪水热热地滑过他的颈，他又一次加重了力气，不想让她从怀中逃脱。

那是一个周末的晚上，每个周末这城市里的音乐喷泉就会响起，随之绽放的还有漫天的烟花。

狮子座呆呆地看着那绚丽夺目的烟花，一点一点地晕染着夜空。她无奈地想，为什么有些事情想要忘记，偏又记起。

也不过是几个月前，双鱼座和她也在这样的夜空下拥抱在一起，只是那次是一场表演。

虽是表演，可那时候她明明是本色出演，扮演的就是自己。可对方大概是无奈地配合吧。

"周伟，你让我想想好吗？"

狮子座没有让周伟送她回家，她一个人回到家中，不知不觉又打开了双鱼座的网店。比起上个月，网店里又上了一批新的人偶，这一次全是民族风格的，足足 56 个。狮子座一页一页翻看，心里被这些人偶搅得万分激动。

她没有看错双鱼座，他果真在为了理想努力。一口气，狮子座拍下了 56 个人偶。进入付款页面的时候，系统却显示商品已经下架。等狮子座重新进入页面的时候，新品人偶仍旧好端端地摆在页面最前面。

她还浑然不知，其实双鱼座已经知道拍下人偶的是她。狮子座点开双鱼座的旺旺，佯装陌生地叫着掌柜。

狮子座："亲，你们家的宝贝怎么拍不了啊？"她还附带了一个哭泣的小表情。

双鱼座看了并没有回复，直接拨打了狮子座的电话。

这一串久违的号码让狮子座迟疑了好一会儿。她紧紧地握着手机，仿佛那是一件很珍贵的东西，她不知道过了那么多日子后，他的声音是不是变得陌生了。她生怕自己现在局促的呼吸声被双鱼座听到。

双鱼座对狮子座说："你不要拍了。"

双鱼座都知道了。从狮子座拍下一整套人偶开始，从狮子座用旺旺给自己的店铺提建议开始，双鱼座就感觉到对方一定是一个自己熟悉的人。那时候网店根本没有进入宣传期，前两个人偶都是楚月找人帮忙拍了充数的。

一套人偶的价格不菲，谁会在一个新店里一口气拍下一套呢？那天，他给黄笠电话打听基金会的时候，黄笠就说自己把双鱼座的近况告诉了狮子座。

再然后，突如其来的一批顾客，让他联系到了设计师。那个电话，足以证明狮子座就是这个买家，并且还知道了狮子座是在相亲场合与设计师认识，并成为朋友。她既然已经开始新的生活，为什么还要如此坚持不懈地帮助自己？

经历过那场不辞而别之后，他早就不奢望能够和狮子座扯上任何关系。他只知道她离开时候定是失望无助的，而他就是始作俑者。所以无论是内心抹不去的自卑也好，还是对那次离别的自责也好，他都承受不了狮子座对他的帮助。狮子座对他好，他就会联想到她不辞而别时心里积攒的痛苦，双鱼座就会自责，就会对自己一直以来对她的冷漠感到愧疚。

狮子座还没有察觉双鱼座已经洞悉了一切，假装冷静地说："你半夜打电话来，说的什么胡话？"

话一出口，她就后悔莫及。双鱼座难得给她打来一个电话，她心里有多欢喜，怎么就说不出一句好话呢？

双鱼座本想告诉狮子座，谢谢你来光顾我的店，我知道你的心意，想鼓励我。但是之前你就已经拍了一套人偶了，还帮我做了线下的推广，这几天生意已经有了起色，这种个性的东西就是要慢慢积累客户群的，你不用帮我。

他也想告诉狮子座，他很感谢她一而再再而三地帮助他，但是在烧陶人偶这件事情上，他想要靠自己的努力一步一步实现自己的理想。

但是当双鱼座听见狮子座的口气，心里的那股子愧疚也被熄灭了一半。

他急于想要表达内心对狮子座在网店这件事情上的感谢，但是感觉到狮子座的冷漠，心急了起来，他的嘴忽然就不会说话了："你不是拍了 56 个人偶？这些人偶我不卖给你。你不用好心来买。"

声音透过电波，传到狮子座的耳里，泛起一阵凉意。狮子座看着付款失败的界面，听见双鱼座对自己的拒绝，她默默地把电话挂断了。

从此以后，她想这个旺旺对她再也没有任何意义。

双鱼座又一次把她的好意当成了恶意，又一次断然拒绝她的帮助。当初她给他母亲 5000 块钱，他知道了立刻退给了她，以为她是拿钱消遣他。后来她好心告诉他谭仲彦的真实想法，他以为她是看不起他们这种家庭出身的人，活该只能做社会最基层的工作。

现在，她只是想做一回顾客，给他一点儿鼓励。可就是这么简单的行为，又被双鱼座当成了假惺惺。

她心里隐隐作痛。

双鱼座感到自己已经说错了话，拼命地想要解释，哪知狮子座已经把电话挂下，等他一番解释说完，电话里传来了一串嘟嘟声，算是对他的一种答复。

双鱼座不知道狮子座是否听到了自己的解释，但看着狮子座灰色的头像，他料到她一定也误解了他。

他很想再给狮子座打一通电话，拿起电话犹豫了好一阵，最终还是选择放弃。他想虽然狮子座的好意自己心领了，如果再次电话致歉解释一番，会不会又让狮子座误会了自己单纯的想法？

想到狮子座对自己的表白，双鱼座就有些后怕，担心这一次又会重新点燃她的情愫。他觉得狮子座应该需要一段长时间的冷静期，然后把自己忘掉。

他打开抽屉，从堆满奖状的抽屉里小心翼翼地抽出一叠画稿。

这叠画稿，双鱼座从回家之后，就开始画了。只是一个女子的轮廓，还看不出端倪。画像中的女子眼睛炯炯有神，梨涡浅浅，古灵精怪的样子让人看了心生疼爱。

双鱼座自己也不知道是出于什么样的心态，不把这画放在能让人看到的地方。他把画藏得好好的，夜深人静独自在房间里的时候，才会拿出来看一眼。

他画到一半的时候，就没有信心继续画下去。那时狮子座就在他家中，他们刚刚争吵过，她眼眶红红，他看在眼里，心里很不是滋味。

157

他从门缝边看到她的侧脸，嘴角挂着笑容，浅浅的梨涡显得很俏皮。她正笑着给谭仲彦补习。

灯光投在她的脸上，明晃晃的，就像一个天使。他这么想，于是用手悄悄地临摹起来。后来，他们越来越无法平静地交谈。

这个晚上，他一张一张地翻看画稿，一幕一幕地回想这些表情发生时的故事，就这样度过了一个晚上。醒来的时候，他趴在画稿上，头脑还有些发胀，就接到了一个电话。

双鱼座有一个朋友在《樊城日报》当记者，他曾委托这位朋友帮助他调查基金会捐助的情况。现在记者朋友打来电话告诉他，事情有了一些眉目。他立刻坐上去市区的大巴，颠簸了好一阵子，终于到了樊城日报社。

朋友告诉他，这笔捐助的确是个体行为，是通过基金会的方式捐助到指定对象的。现在能够确定的是，当初这个捐助对象是通过基金会在武汉的办事处办理的。如果要找到捐助对象，必须去武汉办事处亲自去问。

朋友说，捐助对象的身份本来是保密的，但是由于双鱼座是受捐人，如果说明情况，也许对方会私下告诉他。

另一个可以确定的事实就是捐助人去武汉办理捐助手续的时间。

双鱼座看着时间，回想着这个时间点的前后几天，狮子座并不在自己的家中。他心里又好似被人搅动了一下，有些答案呼之欲出，但他似乎没有足够的勇气去面对了。

朋友说，武汉基金会的联系人他已经搞定，现在只要双鱼座亲自去一趟，应该能够得到一些有用的信息。

再过两小时，就有一趟去武汉的火车。带着一直以来对这笔捐款的怀疑，双鱼座踏上了去武汉的火车。

他和基金会工作人员见面的时候，已经是下班时间。他在嘈杂的热干面摊上听到了一个令他心跳停止的消息：

捐助者是女性，并不是武汉人。

"再具体的信息我就不方便透露了。"

双鱼座哀求说："这件事对我很重要，我已经靠这笔钱还清了欠债，我们全家都很感谢基金会的帮助，捐助人是我们的恩人，我们当然希望能够知道她是谁，以后也可以报答她。"

工作人员说："你这样的想法我能够理解，但是再多的信息我真的不能提供，这是底线了。"

没有探到更多的结果，双鱼座无奈地从武汉回到了樊城。走到汉江边的时候，突然想起狮子座刚来的那几天，母亲老催促自己带着领导去汉江转转。

母亲说："你们领导难得来一次，你咋不带她去汉江玩玩？"

他没有应承下来，想到汉江泛舟大多是情侣所为，生怕引来狮子座的误解。那时候双鱼座只想和狮子座划清界限，她是自己的前上司，这个角色是断然不会改变的。

双鱼座上了船，汉江的风光果真好，他从未仔细看过，江上飘着四五只船，清一色都是一男一女，相互依偎。他看得心潮澎湃，开始想着也许真可以带狮子座来汉江上泛舟。

也许狮子座真的不是一时兴起，也许从头到尾自己就不敢直视心里的感觉。江风把双鱼座蒙蔽的心吹得分外清晰，他终于有了勇气去假设：如果自己和狮子座在一起，那么他会不会由衷地感到幸福？

他想了想，答案让他十分激动。他掏出手机，拨打了那个曾经让他纠结万分的电话。

彼时，狮子座并没有接起来。

她看着手机屏幕闪烁，来电显示的对象让她紧张了一下。立刻，她就恢复了镇定的神情，在会议室里侃侃而谈。上司的节奏让台下的一干下属有些跟不上，手忙脚乱地一边记着笔记，一边抱怨着。狮子座消停了没多久，拼命三郎的脾性又暴露无遗了。

散会后，马丁叫住了狮子座。从她回来上班之后，马丁总觉得狮子座精神不济，整个人都蔫蔫的。今天狮子座的表现非常出色，让马丁重新见识了狮子座的能力。他说："你可以把头衔前面的助理抹去了。"

狮子座升职了。

这在整个马丁传播里又成为一个新闻，从来没有人可以在这么短的时间内升职成主管，狮子座是第一个，也许也是公司的最后一个吧。前来道喜的人络绎不绝，狮子座除了疲于应付之外，竟然感觉不到一丝喜悦。

下班后，周伟出现了。他捧着一大把白玫瑰，在写字楼下等着狮子座出场。

周伟说："你答应我要给你时间考虑的，我觉得今天是时候了。"

他把花递到狮子座面前，说："做我女朋友吧，你需要一个新的开始。"

许久，狮子座都没有伸出手。不断地有同事从他们身边擦肩而过，频频回头看着这一令外人艳羡的场景。

她有些尴尬，就想躲进周伟的车里，周伟却没有动，不依不饶地捧着花站在车边。眼看着又一波同事将从电梯里出来，狮子座着急地摇下车窗，一把扯过玫瑰花："开车吧。"

车子并没有朝着狮子座家的方向开，而是来到了湖边。周伟说："夜游是最美妙的事情，你愿意吗？"

游泳的狮子，

他伸出手，犹豫了一下的狮子座把手轻轻放在周伟的手上。他把她紧紧拽住，他说："我不会放手了。"

狮子座有些动容，随着周伟上了一艘手划船。这船明显精心布置过，烛光的倒影摇曳在水面上，一切都显得那么温馨。

比之吵吵闹闹，也许现在是最好的。

她舒服地靠在椅背上，耳边只有船桨声，她跟着船左右轻晃，不知不觉竟然睡了过去。醒来的时候，船已经靠岸，周伟蹲在岸边，静静地注视着狮子座。

她脸上微微发热，伸出手在周伟的搀扶下上了岸。狮子座回头看着停靠在岸边的小船，此情此景她曾偷偷在汉江上幻想过。

只是物是人非，梦一场而已。

这一次，狮子座没有拒绝周伟送她上楼的请求，开门的时候，狮母格外兴奋地看着两个人："以后小周要多来啊。"

周伟说："肯定的。"他目光灼灼地看着狮子座，狮子座尴尬地别过脸。

周伟离开后，母亲激动地走进狮子座的房间："你和小周成了啊？"

狮子座没吱声，她并不知道这算不算成了。但是自从双鱼座拒绝自己购买人偶之后，她已经心灰意冷，对双鱼座再无他念。

母亲说："小周人真的不错，你们在一起真的很合适。"

母亲的这番话其实狮子座并不陌生，在双鱼座的家里，鱼母不也说双鱼座和楚月很合适嘛。看来，老人家的眼光总是很辛辣，一眼便能看中实质。

她想这样也好，起码周伟不让她讨厌，起码在一起的时候她不用太紧张，不用害怕说错一个字惹得对方讨厌自己，能够无拘无束地做自己不是也很好。

　　狮子座想，今天真是一个好日子。升了职，又有了新感情，她果真要有一个新的开始了。

　　她这么想，心里的疼却依旧隐隐发作。

　　她决定要用一个月时间彻底忘记双鱼座。

　　狮子座打开手机，把双鱼座的号码从手机里删除。可是 11 位的数字难不倒狮子座，她删除了号码，却删不了记忆。

　　那串数字挥之不去，整夜都出现在她的梦里。隔日醒来，她又重新输回了手机，这才觉得安心。到了公司，她又掏出手机，折腾了半天还是决定把这个号码屏蔽了。

　　晨会结束，她说服自己就看一眼，结果在屏蔽信箱里看到了双鱼座的号码。她又止不住地慌乱了好一阵，最后还是决定置之不理。

　　下班结束，她再看，并没有再多的电话进来。狮子座有些失望，看到周伟的时候就有些羞愧，自己怎么就那么放不下呢？

　　双鱼座一连两天都无法联系到狮子座，心想狮子座大概已经不愿意再理睬他了。他茫然无措地把自己关在了房间里，他心里萌生了回去的念头，但又怕狮子座避而不见。

　　他踯躅了好久，终于走出房间，准备去市区买票。鱼母问双鱼座，这几天老是往外跑是不是出了什么事情。

　　他摇头说没有，母亲说："你脸上都写着了，还说没有事情。"

　　双鱼座也不辩驳，只是和母亲说可能要外出一趟。

　　鱼母跑上前，把门关了起来。她语重心长地说："儿子啊，彦彦就要考试了，什么事情会比彦彦更重要呢？"

　　双鱼座一听，就留了下来，回去的事情就暂时搁浅了。

　　谭仲彦面临升学考，全家都分外紧张。考前第二周，谭仲彦回

游泳的狮子，

家，躲进双鱼座的房间，关上门就待了一个多小时，出来的时候像丢了魂一样。

他感觉到了弟弟的状态，晚饭后就把弟弟叫进了房间。

兄弟俩很久没有坐在一起谈心，所以气氛有些尴尬。双鱼座不知道要怎么开场，倒是谭仲彦率先就问倒了他："为什么姐姐不接我电话？"

原来谭仲彦是去联系狮子座了。他竟然不知道，在谭仲彦心里，狮子座的地位要高于他这个做哥哥的，顿时觉得自己失责。

他说："你联系姐姐干吗？我不也一样吗？"

谭仲彦说："你从来就看不起我，不像姐姐，什么都支持我。"

双鱼座被反驳得哑口无言，想起当时狮子座告诉他，处在叛逆期的孩子不应该过分打击。他之前还不以为意，现在终于知道堵不如疏的道理了。

谭仲彦恨恨地说："都是你欺负了姐姐，现在害得我都联系不上姐姐了！"

双鱼座很想告诉谭仲彦，自己也想着狮子座。可是他不能在他人面前流露出这样的感情，既然狮子座选择回避，那么他就不应该再去打扰她。

谁让首先关上心门的人是他呢？

谭仲彦的状态非常不好，班主任老师说他最近一直都心不在焉，信心也没有前一阵子那么足了。双鱼座知道这其中的原委，思前想后，他又给黄笠打了电话。

隔日，黄笠就把狮子座约了出来，他说："MAY 快结婚了，正在做移交，你最近应该很忙吧。"

狮子座说："还行吧。"直觉告诉狮子座，黄笠这次约她应该和双鱼座有关，她已经做好了充分的心理准备，总之她不能再动摇了。

黄笠说："不瞒你说，双鱼座最近都联系不上你。"

狮子座说："可能是太忙，所以几次都没接到。"

黄笠说："他弟弟快考试了，联系不到你，小孩子心里大概挺难过的，所以状态也不太好。"

狮子座恍然大悟，原来双鱼座的电话就是为了自己弟弟的升学考。她心里冷冷地笑着，亏自己还为这电话摇摆不定了好久。

她说，临近考试的孩子就是这样的，多补充睡眠就会好的。看着狮子座明显冷漠的态度，黄笠也只能悻悻作罢。

与黄笠分开之后，狮子座一个人坐在茶室里想了很久。尽管双鱼座有种种不是，但是谭仲彦和她的关系还是挺好的，她也答应过会为他鼓气加油的。

说来真是好笑，在那段身在太平镇的日子里，也只有谭仲彦能够理解她。她犹豫着，到底要不要电话联系双鱼座呢？

她忽然变得不像一个狮子女那么果敢，在这件事情上变得犹豫起来。这倒是像极了狮子座一贯的个性，在事业上她武装得滴水不漏，可回到内心最柔软的地方，想要卸下满身盔甲，却一下子不知道该把这些武装力量放到哪里。

刚踏进公司大门，马丁一个电话便把狮子座叫进了办公室。偌大的总经理办公室里，云雾缭绕，她很少看马丁如此凶猛地抽烟，一下子便感觉有什么大事要发生。

"你看！"马丁把电脑屏转向狮子座，"万人相亲大会，涵天国际的策划案。"

"和我们去年的模式差不多，不过人家的公关能力比我们强，请来了明星助阵，听上去似乎很有噱头。"

自 3C 公司的案子流产之后，涵天国际就开始频繁和马丁传媒正面交锋。这一次的相亲大会，在去年成功的基础上，委托方决定在五个主要城市共同开展，单子数额巨大，又是一个扬名立万的好机会，涵天国际怎么可能不试着争一争？

"我们的策划怎么样？除了老一套外，还有什么新鲜的吗？"马丁看着狮子座，似乎希望得到一个令他宽慰的消息。

然而这样的消息并没有从狮子座的口中传出来。瞬间，办公室的气氛比狮子座进来时更阴霾了。

"我回去想想吧。"

"其实，我倒是有一个办法。只是不知道行不行得通。"马丁拉开抽屉，那是去年关于相亲大会的所有影像资料。他快速地播放，画面定格在那个令狮子座心情激越的夜晚。那不过是一年前，可当时的狮子座满脸生机，羞涩地低着头，双鱼座正单膝跪着举着玫瑰，向她表白，夜空中瞬间绽放的烟花，掩盖了他们各自的声音。

泪水快要蒙上眼球，她使劲掐着自己的肉，对自己说，那是虚构的，一切都不过是装的。

"还记得这个虚构的故事吗？当时我们的这张温情牌感动了不少人。直到今天，相亲大会的前期宣传里，也是拿这个故事做由头的。所以我想，我们在原来的基础上，是不是来一个连续的剧情。"

"你和他的故事。"

她睁大了双眼，不敢相信马丁说的话："你是说，让我和他再演一次？"

"嗯，拍个微电影。把去年之前的故事演出来。"

她听着马丁的构思，不知不觉笑出了声："可他已经辞职了，而且我们都不是演员。"

"微电影要的就是平凡人的生活。我知道，找到男主角是有些困难，所以才请你去试试看。综合部的小黄不是和他关系特别好吗？你们两个去试试看，也许人家愿意帮我们一把。何况你们……"

　　马丁似乎也听过些许他们曾经的传闻，不过没想到这个生意人生生把这当成了一个筹码。她有些排斥这样的安排，但是想到能和双鱼座重逢，这似乎又是一个特别冠冕堂皇的理由。

　　"其实小林，如果你不愿意就算了。这个单子没了还可以去找下一个。我只是有点不甘心，最近每次和涵天国际竞争，我们总是输得很彻底。也许我也到了该休息的年纪？"马丁无奈地吞吐着烟圈，这一招感情牌动摇了狮子座。

　　"什么？微电影！"黄笠听着狮子座的转述，一口水直接就呛了出来，"老马真是老奸巨猾，这种事儿都想得出来。还非要你们俩吗？天啊，我觉得这事儿太悬了。"

　　"我知道。"狮子座心想，如果女主角不是自己，说不定双鱼座还真愿意帮马丁一把。因为从感情上说，这个案子的初衷也有他的一份，谁会愿意把自己案子让给别人？

　　"算了算了，我想还是换个蓝本拍吧。"还没开始正式找双鱼座谈，狮子座就已经打起了退堂鼓。

　　"也不是，瞧我。"黄笠也是头一次看到狮子座在工作面前那么颓然，"你就给他打个电话，他前几天不是也正找你来着吗？你就说这事儿。怎么说呢，算是一帮一吧，你帮他弟弟，他帮你工作。"

　　"一帮一？"原来他们之间的关系其实可以用互利互助来对等，狮子座忽然觉得自己就像个跳梁小丑。

　　"算了，我再想想吧。"她刚准备走，却被黄笠按下了。此时，黄笠的电话正响起，他小声指着手机说："曹操来了。"

她心跳忽然增快，屏着呼吸听完黄笠向双鱼座转达微电影的事情。电话那头很久没有出声，她焦急地等待着，恨不得亲自抢过电话去听。

　　"我想想吧，晚上我回复你。"

　　"好。"黄笠搁下电话，对狮子座说，"你们两个扭捏得不正常啊。看，多简单的事儿，就一个电话。晚上他计划下时间，如果可以就给我电话。"

　　她尴尬地道谢。想着今夜注定又要失眠了。

扑火的鱼

　　按照双鱼座这样的表现，我再次确认他的月亮星座在双子。月亮星座代表着人的隐形性格。内在决定外表，所以如果要分析双鱼座对狮子座的种种感觉，还是要从双鱼座的月亮在双子上分析。双子代表着两重，也意味着双鱼座矛盾的心理，一如他对狮子座的感觉。

　　他已经很清楚自己对狮子座的感情，也愿意主动参与到狮子座的微电影拍摄中，他十分明白这样的举动会使得两个人重新擦起火花。

　　但是别忘了双鱼座是一个矛盾的星座。别忘了他对感情的扭捏，尤其是他要面对的不光是狮子座而已。

第七章

夏至

　　和黄笠通电话的时候是下午，整整一个下午双鱼座都没能专心地制作人偶。他犹豫着不知道该怎么办。

　　网上，黄笠正大段大段地打着字。大抵意思是，这个案子现在快要被涵天国际抢走了，马丁把压力都转移到了狮子座身上，这个主意是马丁想的，狮子座也没办法，只能硬着头皮接下来。

　　其实也就是浪费几天时间，回去拍个小片子，也不会耽误家里的事儿，更重要的是也能帮她一把。虽然狮子座平时看着挺严肃挺不好相处的吧，内心还是挺脆弱的。这些日子憔悴了不少。

　　他安静地看着屏幕上大段的话，没有打字回复。脑子里总是切换着那天晚上他责备她后，她两眼通红、无助仓皇的表情。

　　他看着店铺飘红的评价，从一个小红心熬到现在的一颗钻，这中间她的功劳他很清楚。也许，他是该帮她一回。

　　就当是还债。双鱼座给自己找了一个合适的理由，拿出手机翻到狮子座的电话，望着那串号码，又发了好一会儿呆。

直到楚月敲门进来，他都浑然不知。

"怎么傻站着，打电话呢？"楚月好奇地凑上来，电话屏上赫然印着狮子座的名字，她鼻尖一酸，默默走了出去。

快下班那会儿，办公室里嘈杂得不行，因为是周末，各自都有着安排。狮子座直直地坐在办公室里，眼睛盯着屏幕前定格的画面。

此时的手机铃声打破了一切。她慌乱地按下了接听键，办公室外人来人往的场景竟然也成为她听不清双鱼座电话的原因之一。

慌忙之余，她竟然想到躲在桌子底下。

"你，你好。"她知道此时自己的声音一定颤抖得古怪。

"我愿意拍那个电影，什么时候需要我过来？"

原来是为了这个，原本要到晚上才能揭晓的答案来得那么快。她有些不确信，追问道："你说真的？"

"嗯。还有，之前的人偶真的谢谢你。"双鱼座想到之前没有说清楚的人偶，这次也要趁着电话好好地感谢她一下。

"呵呵。"狮子座听罢，轻笑出声，原来果真是应验了黄笠的那番话，帮一还一。他还真是有做生意的底子。"不客气，你不也帮了我嘛，清了。"她重新拾起了骄傲，身体从桌底悄然爬出，挺了下腰板，继而清冷地说，"酬劳方面不会亏待你，下周一希望你能过来面聊剧情。"

这尖酸的话，本来肯定会触怒双鱼座，只是这一次他还是悄悄地忍了下去。既然已经决定帮她，他便早就忽略了她可能会发作的尖酸。

她没有和他告别，也没有花力气说一个"谢"字。在没有等到对方的反驳后，她颓然挂了电话。她往窗外看去，周伟的车子正安静地在楼下停着。

游泳的狮子，

170

也许，现在的才是最好的。她这么安慰自己，收拾好了包，准备享受别人为自己准备的浪漫。

而另一边，挂了电话的双鱼座正在和父母商量这几天回杭州。话还没说完，就遭到了鱼母的强烈反对。

"好好的去杭州干吗？你都从那边回家了，难道还要再重新过去吗？我和你爸爸的身体一天不如一天，你弟弟又在考学的当口，难道这一大摊子事儿又要落在月月的身上了吗？"

母亲一边嘀咕，一边不忘夸奖一番楚月在谭家的功劳，惹得饭桌上的楚月不好意思起来。"阿姨，只是去几天，没关系的，就让他去吧，一定是那边有什么要帮忙的吧。"

她小心翼翼地试探双鱼座，想着这个决定一定和狮子座有关，她不能明说，怕答案最终会刺到自己。

"是黄笠，他拜托我拍个小片子。就两三天的工夫，很快就回来了。"他不善撒谎，竟不敢和楚月对视。

"不成，这几天家里最大的事情就是你弟弟考学，你当哥哥的不管谁来管？要拍就让他们过来拍，就是不许去杭州。"

看着母亲难得如此强硬，他一时不知道该如何说服，只能暂时沉默。晚饭后，他把楚月叫进了屋。

"其实我刚才撒了谎。"

"我知道。"楚月笑了，她很高兴他愿意和她坦白，这证明她在他心里仍然是有一定分量的。"其实是她找你对吗？"楚月指指手机，"我刚进来的时候都见到了。你正准备给她电话，是不是？"

他沉默以示默认。

"你喜欢她吗？"费了好大的力气，终于把内心最恐惧的问题问了出来，这一下子楚月的心里舒坦了不少。她望着低头的双鱼座，真怕他抬头说出那个她最害怕听到的字眼。

"我只是想帮她一下。"他适时避开了，慌乱地掩饰着内心呼之欲出的答案。

"那就好。"她笑着走了出去。

第二天早上，楚月拉着双鱼座往屋外走："走吧，买票去。"

"你说服我妈了？"他虽然知道鱼母素来喜欢楚月，但没想到这么轻松便被说服了。

"不过妈妈有个条件，让我陪你去。"她顿了顿，担忧地看着双鱼座，"会不会影响你们？"

他叹了口气，心里当然知道母亲此番安排的用意，看着楚月，他着实不忍心泼冷水，只听到自己格外心虚地说了句："怎么会，只是去工作。"

楚月是第一次到杭州，面对不同于老家的景致不免有些兴奋。到了的第一天，双鱼座约了黄笠，带着楚月去西湖边玩了一圈。本想着结束以后，他们把楚月送回住处，然后两人一起去见狮子座，哪知道大概是白日里日光太强烈，暴晒之余楚月竟然有些中暑。他们只得守在宾馆里。

偏巧，狮子座这时候也来了电话，正催着黄笠赶紧和双鱼座来公司谈下剧本。这边黄笠尴尬地看着双鱼座和楚月，不知道怎么回答。

"黄哥，电话给我，我来说吧。"双鱼座倒是从容地接过了黄笠的电话。

"是这样，这次我把楚月也一起带来了。本来是想过来的，哪知道她中暑了，一下子又走不开，要不明天上班的时候我过来，可以吗？"

他说得越是客气，狮子座越是感到失望。尤其是听到楚月也来了，她暗自嘲笑自己，果真是青梅竹马的才叫感情。

她笑着说："没事儿，你们住哪里，我带着本子来聊，顺便也见见楚月，好久没见了。"本以为他们的这次重逢会让人心悸，没想到居然是这样的场合，倒是让她断绝了其他的想法。想及此，她竟不知不觉拨了周伟的电话。

于是，原本的重逢，变成在黄笠眼里格外诡异的场景。楚月躺在床上休息，双鱼座打开门，一对金童玉女就这么提着水果客客气气地站在了门口。

他们许久未见，她果真如传闻里憔悴了不少。一边的周伟大方地伸出手，自我介绍："你好，我叫周伟。"

周伟并没有点破身份，这让狮子座居然感觉有点侥幸。

"都进来坐吧，别杵着发呆了。我是黄笠，小林的同事。"所幸黄笠走了过来，拉开了沉默不语的双鱼座。

彼时躺在床上的楚月也已经悄然起身，沏茶端水，狮子座看在眼里只觉得她一副女主人的样子。

气氛并不轻松，压抑的两小时过去，剧情终于说完。没做多久停留，狮子座便以与周伟还有事儿为由，迫不及待地离开了。

周一，马丁传媒请来一个拍摄团队，专门进行微电影的拍摄。剧本很简单，讲的是男女主人公从不同的城市来到杭州，几番偶遇，让双方都在心里刻下了对方的影子。在七夕的那天，他们不约而同来到湖边，参加了一个牵手幸福的相亲活动。

于是，在这次的活动里，蒙上双眼的两人幸运地被红线绑在了一起，解开线头的那一刻，面具被轻轻揭下，他们渐渐向对方靠近，视线里的彼此笑靥如花。

这个微电影的主题是，相遇便不要错过。

起初的镜头基本都是独立拍摄，只有几次相遇需要两人在湖边对视。许是情绪久久不到位，狮子座总是无法把目光里的炽热演绎出来。NG 了几次后，便有些懊恼。

"都说找专业演员了，非要这样。"双鱼座听着狮子座的埋怨，也不作声，只是一次一次好脾气地配合着，直到日光不再，前几个镜头才草草了结。

导演说，女主角你应该和男主角多沟通，你们没有感情怎么拍得好啊。第二天的镜头是晚上拍摄，湖边已经进行了布景，灯光摇曳下，狮子座慢慢散步到了湖畔公园。这和他们那次活动的地点非常相似，她慢慢地踱步，在灯光里渐渐迷失，眼前的一切仿佛都回到了去年的情人节。

她没有玫瑰，他在街边买了一朵送给她，虽然是玩笑，她却格外地开心。正想着，身边也出现了一个卖玫瑰花的大婶，她刚要伸手，却见另一双手已经提前抽离了一朵最大的，举在了她面前。

"给你。"他熟悉的声音在耳畔响起，她鼻尖忽然就酸涩起来，泪水就这么晕染开来，他焦急地伸手给她抹去泪水，指腹滑过她的脸，感觉到她湿润的脸庞正滚烫着。

"我自己来。"她羞涩地别开脸，分不清这是现实还是梦，只是脸上的余温告诉自己，这是真实的。对面站着的就是双鱼座，她想爱而不能的那一个人。

他没有任她别过脸，只是固执地将她的脸对着自己。双目相视的时候，他们都听到了对方急促的心跳。

没有谁先，谁后。他们就已经靠得很近，鼻尖几乎就要碰触在一起。她闭上眼，满心幸福地等待。

"卡。"

那一声"卡",喊得刺耳,她猛地睁眼,双鱼座亦被这声音惊觉,礼貌地退后了几步。她冷冷地笑道,果然对双鱼座来说这就是一场戏,曲终立刻就散,他连迟疑一会儿都没有,立刻便松了自己。

只有自己,还痴傻地想,多贪恋一秒也好。

他看见她看着自己的目光越来越陌生、冷淡,以为她在恼怒这与剧本不符的剧情。他想要解释一下,却听见导演组这边响起了掌声。

"太棒了!收工。"

四下都是忙碌的身影,杂乱中她早就离开了拍摄点,往公园口走去。双鱼座大步追去,一把拉住了狮子座。

"等等!"他喘着气,唤住她,这举动又触到了狮子座内心的柔软处。她回头,看着喘着气的双鱼座,那样子有些滑稽好笑。

"剧本临时改的,导演怕你发挥受限,所以才只通知了我,让你自由发挥。你别介意。"

双鱼座极力地解释,想表明刚才的那些动作都是剧本设定的。他不知道,狮子座此刻最不想听到的解释就是这个。

她还以为他起码有一些深陷戏中,情不自禁,却不想这不过是自己的自作多情。从来陷入这其中的都只有她一个人,仅此而已。

她巴不得离开他视线的范围,匆匆挣脱他的手,顾不得高跟鞋的碍事,就往门口跑。他追了几步,见狮子座钻进了守在门口的车子里,便停下了脚步,眼睁睁看着狮子座坐在周伟的车子里绝尘而去。

他有些失落地往回走,却不敢细究这样的失落到底来自哪里。

车子里的狮子座,早已经控制不住,放声大哭起来。周伟听着没有吭声,把车悄悄停在了路边。他走出车子,心烦意乱地抽了一根烟。直到里面的人重新恢复平静，他又一声不吭地送她到了楼下。

临走时，他轻轻在她额头点上了一个吻："好好睡，忘了过去。"

她身体忽然就僵直了，被周伟推进了电梯。原来他都知道。她那些情绪难道不是隐藏得很好吗？她苦涩地按下了家里的楼层，电梯打开，屋子里灯还亮着。狮母准备了宵夜，嘀咕着马丁这么折磨自己的女儿，幸好有周伟接送。

她一口一个周伟，就差把对方夸到天上，末了终于迎来了正题："你们的事儿是不是该定了？"

这话题来得太快，她从来没想过，应该说她还没有准备好对方不是双鱼座。

"唉，周伟也不小了，你不能也拖着他吧。囡囡，你别不吭声啊！"

"妈妈，我能不能先睡醒了再考虑啊？"她"砰"地关上了门，烦躁地把头蒙在了被子里。

双鱼座在感情问题上的纠结往往来自两个方面：一方面他胆怯，爱慕对方却不敢提，正视不了自己内心的真实情感；另一方面，当他对对方毫无感觉的时候，他又没办法立刻拒绝。左边是爱他的，右边是他爱的，他夹在中间就会越来越迷失，陷入一种失措的状态。

矛盾的双鱼，如果能对感情再坚定一些，那么他怎么可能把楚月也一起带到微电影的拍摄中？而当得知楚月也会出现的时候，狮子座又恢复到了战斗模式，不甘示弱的她果断地叫来了周伟。

在看到周伟的时候，双鱼座的自卑模式又激发了。所以在这个时候，他们又重新回到了最初的状态。骄傲的狮子座和自卑纠结的双鱼座。

扑火的鱼

拍摄结束的第二天，制作团队就连夜剪辑了两分钟的预告送到马丁传播。带着这个预告片，马丁和狮子座在万人相亲大会的策划案演绎中，赢得了委托方的高度认可。

这种连贯的剧情，比起涵天国际的明星串场，更能激发剩男剩女们对爱情的渴望。

理所当然地，马丁传播拿下了案子。"这次真的全靠你啦。"马丁激动地把合同书放在了狮子座的手上，"虽然你妈妈最近总和我抱怨，让我给你多点时间解决个人问题，但是我也是有私心的，这个案子结束，我放你大假！"

言下之意，这案子仍然要让狮子座带头去执行。她倒不意外，只是最初接到案子时的那种兴奋感早就烟消云散了。

"对了，小谭回去了吗？没有的话，你可不可以约下他，这次也要好好感谢他。"本准备离开的马丁，忽然转头提到了双鱼座，示意狮子座立刻去联络。

她尴尬地握着手机，不知道该用什么样的情绪去面对双鱼座。嘟嘟声隔着电话，远远地传来，终于传来了移动客服甜美的声音："对不起，您所拨打的电话暂时无法接通。"

她如释重负，冲马丁摊摊手。

马丁遗憾地摇头说："应该早点预约的。"不想，黄笠刚好从电梯口出来，撞上了叹气的马丁。"怎么了马总？遗憾什么？"

"哦，你来得正好。小谭回去了吗？我们正准备约他吃饭，却联系不到。"

狮子座偷偷地瞥向黄笠。

"唉，我当什么事儿，人都走了，我刚把他们送上火车。可能火车上信号不好吧。"

"好吧，那小林还是记得要好好谢谢他啊。"

目送马丁离开后，狮子座犹豫着该不该问黄笠为什么双鱼座那么急着要走。但转而一想，人家的家事又和自己有多少干系。

她还没想好，黄笠倒是自顾自地说了起来："他弟弟似乎临考前情绪很不好，所以他妈妈把他叫回去了。"

原来是谭仲彦情绪不好。想到之前他也曾因为谭仲彦的事情而急欲和自己联系，这下狮子座倒是有些不放心这个孩子起来。

但想归想，她还是没有勇气再和双鱼座通话。

这事情又搁置在了一边。

过了几周，万人相亲会五大城市的筹备就开始了。杭州这边因为有前期的经验，所以并不需要狮子座放太多精力。只是武汉的活动本来报名的人数就不太多，马丁怕冷场，催促着狮子座赶紧派人去武汉处理筹备的事情。

一听到是武汉的差事，狮子座就主动把事情揽在了身上。她想着索性就绕开双鱼座，自己去找谭仲彦吧。

周伟听说狮子座要出差去武汉，固执地说要一起同行。狮子座笑着说："我出差带个拖油瓶干吗？"周伟谎说，武汉基金会的朋友请他过去玩，刚好没定日子，不如就一起算了。

狮子座也没怀疑，两个人就一起去了武汉。各自完成主要任务之后，狮子座说要去一趟樊城，周伟说樊城好啊，那里的汉江很有名。

狮子座心里咯噔了一下，然后对周伟说："周伟，我去樊城主要是去看一个老朋友，汉江不在我们的计划里。"

周伟亦有些不甘心，他说："汉江泛舟是很有名气的情侣必玩项目，你真的不想和我一起去吗？"

狮子座对上周伟略带质疑的眼光，只好说："那最后再安排吧。"

从武汉到了樊城，狮子座领着周伟坐上了转到太平镇的车。周伟看着狮子座一路轻车熟路，心里有些不悦。

到了太平镇，狮子座直奔学校。这时候正是午间下课时间，她从门卫那儿打听到了谭仲彦的班级，然后留下周伟径自走了进去。

她在门口喊着谭仲彦的名字，谭仲彦转头不敢置信地看着眼前的人，过了好一会儿才噙噙大叫起来："姐姐，真是你。"

他兴奋地跑出教室，拉着狮子座就往学校外面走，他说："姐姐太好了，你来了，我们回家。"走到校门口，狮子座就停了下来，谭仲彦还拉着狮子座的衣袖说："姐姐，你怎么不走了？"

周伟凑上前问狮子座："这就是你的老朋友？"他没想到狮子座的老朋友居然是个小孩。

谭仲彦看到有个陌生人站在狮子座边上，不由警惕起来。他像个大人似的审视着面前的陌生男人，一边在心里和自己的哥哥做起了比较。

他问周伟："你是谁？"

周伟指指狮子座说："你问她。"

"姐姐，他是谁？"

当着谭仲彦的面，狮子座竟然不敢介绍周伟，她不知道这算什么心态，但是她已经感觉到了周伟的不悦。

"是谁？"谭仲彦又问了一遍。

她终于回答了："我男朋友。"

谭仲彦有些不信，退后了几步，说："原来是这样。"

狮子座说："你要考试了，我特别来看看你。"谭仲彦听了很高兴，他还以为狮子座早就把他忘记了，原来她没有忘记。

她带着谭仲彦去镇上的小饭馆里吃了顿午饭，席间谭仲彦总是偷偷地打量着周伟。

他很想奔回家告诉自己的哥哥，狮子座回来看他了，但是她身边还跟着一个男朋友。

他想，这个答案也许双鱼座并不会喜欢。

下午，狮子座送谭仲彦去学校，他问她晚上还回家吗，狮子座说："不回去了，你也别说我们见过了，这是我们之间的秘密。"他点头进了教室。

晚饭的当口，楚月来了，她走进双鱼座的房间，发现双鱼座正趴在桌子上打盹，她凑上前，轻轻地抽出被压在身下的画稿。

画稿被抽出的时候，她分明听见了自己心碎的声音。原来失望透顶是这般感觉，她的手渐渐地松开，一张画轻轻地飘落在地上。

她感觉天旋地转，一切幻想都轰然倒塌。睡梦里的双鱼座侧过了脸，楚月匆匆跑了出去。

晚饭的时候，母亲进来唤双鱼座吃饭。她好奇地问双鱼座，为

游泳的狮子

什么月月今天失魂落魄的，一声不吭就跑回家了。

"你是不是欺负她了？"

双鱼座不解地摸着脑袋说自己一直在睡觉，根本就没见到楚月。

母亲叹了口气，心想自己儿子真是不惜福。

晚自习结束后，谭仲彦从学校回到家中。因为白日里见到了狮子座，心里的大石头终于落下了，所以他哼着小曲进了屋子。看着小儿子今天心情不错，做母亲的心里也跟着乐颠颠起来。

"怎么今天那么开心啊？"

"人逢喜事精神爽嘛。"谭仲彦说这话的时候，拿眼睛不断瞅着双鱼座，他想，狮子座果然是为了自己才来的，这一点上他胜出了。

双鱼座当然不知道白天发生了什么。黄笠曾告诉他，狮子座对他现在的态度是有些避之不及的。在拍微电影之前，他几次电话联系，她都借口说没接到，他知道这是一种委婉的拒绝。就像他当时，在面对狮子座告白的时候，落荒而逃一样。

现在的狮子座也选择逃避。

加上那次并不能缓和两人关系的拍摄，双鱼座想着大概要很长时间，狮子座才能恢复，以平常心对待自己。

也好，他给她这个时间。可是每次想到她在用时间修复自己，修复到可以漠然对待自己的时候，双鱼座总觉得心如刀绞，内心里有着千千万万个不愿意，而表面上还要堂而皇之地表示他们必须如此。

明明他们相隔不远，他却无法走近一步。

这是多么无力的一件事。他没有因为谭仲彦的异样而追问，又默默地回到自己的房间里。母亲见了微微叹了一口气。

谭仲彦问母亲："哥是怎么了？"想当初，他每次得意忘了形，

183

双鱼座总是会伸出手，在他脑门上敲一下，告诫他不要乐极生悲。

可现在，双鱼座竟然就这么悄然离开，根本不准备问他为什么如此开心。

"太不正常了。"谭仲彦感觉哥哥的表现太怪异。想到白天狮子座和他说来看他是一个秘密，不要告诉任何人，他也觉得非常怪异。

狮子座和双鱼座大概都不知道，旁观者清的道理正恰好地诠释了他们现在的处境。他们自己抱着掩耳盗铃的心态，以为伪装得滴水不漏。但是在外人看来，原本开朗的狮子座居然也畏畏缩缩起来；素来情绪平稳的双鱼座则愈加沉默，不经意间还发出一阵哀叹。

鱼母坐在自己老伴边上，窃窃私语。表面上谭仲彦乖乖地走开了，背地里却躲在墙壁后面偷听。

"杭州回来后，大儿子总是窝在房间里，我觉得怪怪的。"鱼母把心里的忧虑说与老伴听。

鱼父倒是没觉得有什么异样，大大咧咧地说："他不是一直都在琢磨人偶嘛，干事情就是要一门心思才有结果，像小儿子这样心思那么多才读不好书的。"

偷听的谭仲彦不服气地撅着嘴，本来想出去抗议，但是又听见母亲在那里说道："一码归一码，你没觉得自从他去了杭州，拍了什么微电影后，他就变了吗？话比原来更少了，而且楚月最近也来得不勤快了，这两个孩子之间别出什么问题。"

鱼母又开始絮絮叨叨楚月的好起来，想着谭家若是没有楚月的帮衬，这几年也不能这么顺利地过来，若儿子负了楚月，那他们谭家在太平镇怕是没脸做人了。

鱼父沉吟了一会儿，对鱼母说："儿子的婚事咱们也得抓紧置办起来，总不能老拖着人家月月吧。"

鱼母颇为同意，连连点头说："这几天就要上月月家里去谈谈，看看人家到底有什么要求。"

谭仲彦其实对楚月并没有太多讨厌，但是和狮子座比较起来，他当然更倾向于后者。他想也许狮子座临走前的嘱咐并不正确，自己应该把这事儿告诉双鱼座。

他偷偷地往双鱼座的房间瞄去，双鱼座背对着门，站在画板前沉思。此时双鱼座的背影在谭仲彦看来竟然蒙上一层淡淡的灰色，显得忧郁万分。

他蹑手蹑脚地推开门，也不知道哪里来的体贴心，生怕动静太大惊着了双鱼座。他站在哥哥的身后，哥哥的个头把他的视线牢牢挡住，他侧着身子看去，那上面是一个女子的背影。

"哥，今天姐姐来看我了。"

双鱼座一怔，手中的画笔停在了半空中。

"我没有撒谎。"谭仲彦又重复了一遍。双鱼座转过头，双唇微启却发不出任何响声，他只听见谭仲彦对他说，狮子座特地赶来给他加油鼓气，但是匆匆走了。

也许是出于一种内心深处的祈盼，谭仲彦并没有告诉双鱼座：与狮子座同行的还有一个陌生的青年男子，狮子座说那个人是她的男友。

他是决然不信的，因为就在一个多月前，他们坐在屋顶，他试探性地问狮子座："你是不是喜欢我哥哥？"

当时狮子座的脸上分明露出了一抹红晕，支支吾吾的口气早就不打自招了。才过去一个月，她身边怎么就多了一个男友了呢？

他不相信，所以就怂恿起自己的哥哥来。

"你快联系她，她肯定没回去呢。"

双鱼座有些不确定，不知道这个电话该不该打出去。

"你快拨啊。"谭仲彦急得吼出了声，他不明白素来聪明的哥哥怎么忽然就变得那么木讷。

"算了，太晚了。"

谭仲彦失望地离开了房间，他想自己的心愿大概就要落空了。

时钟刚刚落在8点上，樊城的夜晚才刚开始。汉江边上灯光旖旎，狮子座和周伟像普通情侣一样，牵着手在江边散步。

周伟说："你就站在这岸边，摆个姿势，我给你拍个照。"他拉着她往堤岸上一站，自己走到她的对面，"这个风刚好能把你的发型吹得特酷。对了，你朝我笑一下，我就喜欢看你的梨涡。"

她记得她是笑着的，努力地拉扯出一个上扬的弧度。

江风拂过耳畔，带着点点湿气，让狮子座觉得脸上痒痒的。她伸手去擦，居然从眼角触及了小小的泪渍。

她想这江风果然厉害，竟然能把眼睛吹得刺刺的难受。她对周伟说，汉江没什么看头，不如回武汉吧，这个点还有一班车，到了武汉她请他吃碗热干面，犒劳他一路护花。

周伟说，既然来了就该好好看看汉江才是。

"你知道吗，这是楚文化的发源地，这堤岸，其实都已经有几百年的历史了，在岸边酒肆里喝上黄酒一碗，你就算是体会到樊城的精髓了。"

他颇为得意地看着狮子座，这是临行前他好不容易准备的旅游攻略。他记忆力一向不错，这会儿在佳人面前当然也显摆一下。哪知道他瞧见狮子座只是茫然地看着汉江，便没了继续讲解的兴致。

意兴阑珊间，他心里满是疑惑，也不敢多问，怕触及她的痛楚，又怕自己听后平添烦恼。

周伟说："的确没什么可玩的，不如就去坐个船到了对岸我们就回去吧。"

她本想拒绝，但是看着对方满怀期待的目光，只好硬着头皮往码头的方向走。汉江上的船有两种，一种单纯用来摆渡，把樊城东西两边的人往对岸送；另一种就是花船，有一些简单的装饰，可以容纳四个人，一般都是两对情侣往那里一坐，雇上船工，就在江上惬意地泛着。

她当时带着双鱼座的弟弟谭仲彦就坐的花船，看着边上的情侣羡慕得要命。这会儿周伟拉着她要往花船上走，她也不知道哪里来的力气，竟然挣脱了，往摆渡船方向大步地走着。

狮子座说，花船太小，她真怕晕翻在汉江里。这话虽然给足了周伟面子，但是气氛骤时冷却下来。他们双双挤进摆渡船上，因为拥挤，他们被挤在了一起，紧紧贴着。狮子座本能地想要闪躲，周伟张开双臂把她环住。

她的身体明显抖了一下，有一些不自在地别过脸。晚上的汉江雾霭茫茫，游人在岸边放着孔明灯，这种用来祈福的纸灯随风吹得老高，有一些飘在半空中又被风吹灭了烛芯，跌落在江水中。

她觉得自己便是那个灯，曾因为双鱼座而悬起的心，终于被现实吹散，跌落到最深处，转而又是一片平静。

手机在口袋里不断地震动，在嘈杂的摆渡船里唱着歌。她掏出手机一看，电话竟然是双鱼座打来的。狮子座想不起来自己是什么时候又把他的号码解禁了，她握着手机想了很久，终于还是没有勇气接起来。

接起来又如何？听他撇得一干二净的解释，还是感激？这些对于此时的狮子座而言没有任何意义。她既然已经默认周伟走到自己的身边，那么就应该切断一切关于双鱼座的念想。

船靠岸之后，狮子座回望来时的路，心里总算是说出了"再见"这样的字眼。

"你所拨打的电话无人接听，请稍后再拨。"又是这样的答案，双鱼座丧气地挂了电话。

偏偏总在事后开始后悔，偏偏这样的后悔总是无济于事。双鱼座无力地躺在床上，这夜晚真是漫长，他注定无缘梦乡。

一连数日，楚月都没有进过双鱼座家里一步。鱼母觉得不对劲，便去楚月家里走了一趟。

谁知楚家大人竟然一点好脸色都没有。她吃了个闭门羹，心里不是滋味，回到家里耐不住性子，就把双鱼座找来，想要问个仔细。

双鱼座仍旧是一副不明就里的迷茫表情。他心思全都在那个永远无人接听的号码中，倒真的没留心楚月没来家里有些时日了。

"你也老大不小了，既然已经打定主意待在家里了，要不要考虑考虑自己的人生大事？"鱼母还没有说完，便被双鱼座打断了。

"妈妈，我准备等仲彦考完试，再回那边一趟。"他说得很轻松，其实心里也很忐忑。回去是冲动之后的想法，也不知道对方还会不会接受自己。

"去干吗？不是都已经辞了工作了吗？"

"还有些事情要处理。"

母亲从来没有阻止过双鱼座做任何事情，因为他向来很乖，打小就很懂事，只是这一次母亲不会由他了。

"你走了，月月怎么办？"

双鱼座不知道，其实自己的母亲早就发觉了一些端倪，所以她总是特地称狮子座为领导，来划清她和他们家的界限。

游泳的狮子，

她的儿子——双鱼座虽然人缘不错，待人接物都是有礼有节，但在狮子座身上，这些优点都不复存在，双鱼座会歇斯底里地发火，会动怒，甚至会冷漠地无视她的存在。

这就是最大的不同之处。

她语重心长地对双鱼座说："你离开家读大学，一去就近八年，这八年如果没有月月的帮忙，我早就累倒了。月月对你的心思，你当真是不明白，还是装糊涂？"

双鱼座沉默不语。他当然不是傻子，怎么会感觉不到楚月的心思？但是楚月从来没有张口和自己提过，他以为他们这样就挺好，不越线，不逾规，所以他才能轻松坦荡地和她相处。

"你要是伤了月月的心，别说楚家大人了，就连我和你爸都不会给你好脸色的。"鱼母撂下狠话，便走进了自己的屋子。

晚饭，一家四口寂静无声。谭仲彦突兀地说了句："哥，你联系姐姐了没有？"

他话刚说出口，鱼母的筷子就狠狠地敲打在了他头上："小孩子家家懂什么，吃完就复习去，哪来那么多花花心思管那些无关紧要的人。"

他不服气，还想顶嘴，却难得听到双鱼座站在了他的立场上说："妈，你有气别往他身上撒。"他拉着谭仲彦进了屋，好言劝他别在意妈妈的话。

这边鱼母一改往日贤淑的模样，竟在屋外嚷嚷起来，早上去楚家吃了闭门羹的气也一股脑儿地宣泄开了。

双鱼座听着母亲话里有话，也不多言，生怕激得母亲更加生气。

这边，鱼父迈着行动不便的双腿，招呼双鱼座往里屋坐。

他说："你的画让我瞅瞅。"

双鱼座把人偶和画稿一并给了父亲，父亲摆摆手说不是这些，是另外的。他佯装不解，说："哪里还有？没了。"

双鱼座记得自己明明藏得很好，怎么就会被父亲知道了？他还不想动手，却对上了父亲异常严肃的眼神。

他果真是个乖孩子，不情愿地拉开了抽屉。父亲带着欣赏的眼光看着画稿说："画得真像。"

父亲慢慢地踱出了屋子，走的时候他说："你该收心了，月月才是最适合你的人。"

转眼到了7月，他依旧没有主动去过问楚月的事情。谭仲彦的考试将近，他一边张罗自己的生意，一边学着站在弟弟的立场去思考，兄弟俩的感情倒是缓和了起来。

这一天，他在旺旺上收到了一个陌生人的订单。

对方说他想要定制一个人偶，双鱼座激动了一下，他甚至以为电脑屏幕后的那个人是狮子座。

既然对方没有表明身份，那么他就不要揭穿好了。

双鱼座说："所有的产品都在页面上了，定制的话时间会很长，起码两个月。"

对方说如果赶在8月初就没有问题。双鱼座掐指算了下，8月初的话的确没什么问题。

"你需要把照片发来，然后大概的用处告诉我，我好把握人偶的整个感觉。"

对方说没问题，一会儿便发给他。

"用处很简单，就是我女朋友快生日了，我想送她一个人偶，求婚用的。"

双鱼座一听，本来激动的心瞬间就失望了，原来不是狮子座。

他去屋外倒水，心想对方倒也是个浪漫的人。

回来的时候，水杯掉落在地上，撒了一地。

他无法形容此时自己的心情，有失望，有害怕，有慌张，更多的是揪心的疼。相片里的狮子座站在汉江的岸边，迎风微笑。

双鱼座忽然感到原来自己的内心是这么脆弱，在看到狮子座照片的时候竟然会难过到无法呼吸。

他匆匆下了线，回味着对方的话：

"我准备求婚用的。"

中考那天，全家都跟着谭仲彦去了考场，一直闷闷不乐的双鱼座也不例外，亦步亦趋地跟着家人在考场外蹲了一天。

晚上，为了让谭仲彦休息好，双鱼座把自己的房间腾了出来，因为这屋子隔音比较好。他没地方画画，于是就想着出去散散步。

太平镇很小，能转悠的地方统共也就是两个，一个是废弃的篮球场，一个是可以喝点小酒的夜市。不过因为这几天镇里的孩子都在备考，夜市也难得歇场。

双鱼座转到了篮球场，因为废弃多时，所以篮球场上长了好些杂草，晚上，借着微暗的灯光，更多了一点荒芜的感觉。

这是借酒浇愁最好的地儿。借着灯光，双鱼座看到有一个人影就在那里吹着啤酒瓶，起初他也没在意，准备绕过人影在另一边坐一会儿。

哪知道那个失意人竟然就在他身后大喊着他的名字。他闻声便知道是楚月，回头望去，楚月正摇摇摆摆地往自己身上撞。

她含糊不清地说："你就这么不喜欢我吗？看到了还要躲？"

双鱼座一把扯下楚月手中的酒瓶说："我送你回家。"

楚月大力地挣脱他："我不要回家。"

191

她晃晃悠悠地往反方向走去，口中呢喃道："我不要回家，家里人都笑话我。"她一会儿哭一会儿笑，一个趔趄就趴在了台阶上。

双鱼座奔上前去扶起楚月，楚月借着酒劲顺势就靠在他身上："你不喜欢我，不喜欢我！"

双鱼座说："月月你喝醉了，回家好不好？"

她听见回家就皱起了眉，又挣脱双鱼座站了起来："我不！回家爸妈都说我傻。"楚月张着双臂，脚尖踮起，在台阶沿上走着。双鱼座生怕她重心不稳从上面摔下来，便跟在后面护着她。

"你别管我。"

他知道她在撒酒疯，依旧好声好气地说："月月，下来说话。"

楚月一听，果然停了下来，她转过头看着双鱼座，伸出手指，指尖微微地触及双鱼座的脸，从眉心一直滑到下巴，然后又哈哈大笑起来。

"我真是个傻子，明知道你不喜欢我，却还要黏着你。你从来没喜欢过我，我是傻子。"

这一次，双鱼座很坚决地说："楚月，我送你回去。"

他大力拉着她，她拿手推拒，一步也不肯走。双鱼座无奈之下，一把把楚月扛在了肩上，他说："你必须回家。"

楚月敲打着双鱼座的背，不断地挣脱着说："我不要回家，不回去，我爸妈都讨厌我，他们说我是倒贴货，贴上你们家那么多年，到头来你正眼都不瞧我！"

楚月的笑声夹着哭腔在夜空里回荡，双鱼座说："楚月，我从来没有讨厌过你。"

楚月咯咯咯地笑了起来，她说："对，你从来没有讨厌过我，但是你也没喜欢过我。我自作多情了那么久，现在你不要管我了。"

她哀求双鱼座不要管她，双鱼座果真停下了脚步，然后把楚月放了下来。再走三五步路，就到楚月的家了，他看着楚月，叹了口气，然后径自就要往家里的方向走。

　　他从心底里感激楚月，可是感激和爱分明是两码事。

　　双鱼座走了几步，有些不放心，回头看楚月仍旧摇摇晃晃地站在原地。他怕出事儿，又重新走了上去。

　　楚月在哭。这会儿她没有发出很大的响声，她只是啜泣着，瘦弱的身体随之颤抖着。他轻轻地一碰，她就像受到惊吓的兔子，立刻退后躲得远远的。

　　他再次靠近，柔声细语地说："楚月，你怎么了？"

　　这一问把楚月的情绪点燃了，在这个静寂无声的夜晚，素来温婉可人的楚月爆发出生平最大的勇气，她对着双鱼座歇斯底里地质问着：

　　"我怎么了？"

　　"我应该问你怎么了，你回来以后便换了个人，你喜欢她对不对？喜欢你怎么不去追，喜欢她你干吗又来招惹我？你知不知道这么多年我对你的感情，我们不只是打小的玩伴！"

　　她崩溃地说："有谁会用自己的青春赌在一个人身上？我把我所有对于爱情的期盼都放在了你的身上，你为什么无动于衷，为什么要这么对我？"

　　那年，他们高三，楚月问双鱼座想去哪里读书，他说想去南方的那个城市里读那个最好的大学。

　　可是填志愿的时候他又改了主意，他说楚月我不能去那个学校读书，我爸妈身体那么差，家里条件也不好，我要是去了，家里怎么办？他说楚月我很痛苦。

那时候的她看着心爱的人如此矛盾，咬着牙说："你去了以后我可以在家里帮你，反正我也考不上大学。"

她目送他上了火车，独自走到汉江边上，花了身上最后的五块钱买了一个孔明灯。纸灯飞上天的时候，她说："让他回来吧。"

幼稚的她竟然以为许下的愿望真的灵验了，他回来了。可是没几天便出现了狮子座。她本来只是怀疑，直到眼睁睁看着他画的画，她才发现自己彻头彻尾做了一个傻子。

她号啕大哭起来，话语也说不大全，她说："你怎么能蔑视我的感情那么多年！是你太傻，还是我太傻？你知不知道，我爱你，一直爱你呀。"

楚月的发泄终于结束了，她疲惫地挥挥手，露出凄惨的笑容说："你回去吧。"

整个过程，双鱼座插不上一句话，他知道楚月的感情，但是他没想过原来这感情经历时间的打磨后，居然变得那么炽热。

他没有动，想上前帮她擦拭泪痕，手伸出的时候，人却紧紧地被楚月抱住了。

楚月说："我爱你，求求你收容我吧。"

她用几乎哀求的口气等待着对方的回应。良久，他才像下了很大决心似的，说了一句："给我点时间吧。"说完以后，他整个人都好似虚脱一般，任由楚月紧紧地抱着。

楚月和双鱼座两家的气氛又恢复到从前，楚月到家里的次数也越来越频繁。她从前便和鱼母分外亲，现在鱼母见到楚月更是欢喜得不得了，还时不时暗示楚月，是时候改叫她妈妈了，楚月总是羞涩地说："还没定呢。"

许久没有上线的双鱼座还是鼓足勇气上了旺旺，周伟的消息刷

游泳的狮子，

194

满了整个屏幕，他想了想，终于回复："对不起，家里有事，这个时间无法制作完成。"

对方发来一个气愤的表情，胡乱骂了一顿双鱼座不靠谱就下了线。楚月看到对话框上有人责骂双鱼座，有些不高兴地抱怨说："这人怎么这样，脾气那么大。"

双鱼座耸耸肩，心里却满怀愧疚。也不知道狮子座的生日会怎么过，没有人偶的话，对方的求婚会顺利吗？他想着狮子座生气时总会嘟起嘴，那样子俏皮得令人心生笑意。

他想着，嘴上就也笑了起来。楚月嗔怪道："你被人骂了怎么还那么高兴？"

8月，狮子座的生日。周伟早早就准备了一束花，守候在狮子座办公楼下。等狮子座下班从写字楼里出来，就看到西装革履的周伟笑意盈盈地向自己走来。

他说："生日快乐。"然后突然从背后捧出一大把玫瑰花。这招其实周伟早就用过了，但是狮子座还是装着很惊喜的样子，瞪着眼睛说："哇！还有花。"

她不知道，自己演技其实并不好，周伟看在眼里也没有吭声。等到了狮子座家里，他就捂着狮子座的眼睛，领着她往自己的房间里走去。

双眼睁开的时候，狮子座被眼前的景象惊呆了。她是真的惊住了，却一点儿喜悦的表情都没有，她的房间里放满了人偶，她不知道周伟这是要干吗！

周伟看着狮子座的表情，想着许是礼物不合她的口味，就有些抱歉地说："对不起啊，我是听你妈妈说你有一阵子迷上了人偶，疯狂地在网上了买了好多陶瓷人偶。"

的确是这样的，狮子座心里点着头，但是那不过是为了鼓励双鱼座。谁会乐意把自己房间装满心上人的心上人的人偶呢？

这话那么复杂，她也不可能对周伟和盘托出。周伟也是好心，狮子座给足了面子，上前摸着一个人偶说："啊，不错的，你看这质地，软软的。"

周伟知道狮子座是在安慰他，他说："本来我已经找到一家很不错的人偶店，是烧陶工艺的。你知道吗，就在我们以前去过的太平镇，那里的工艺品就是烧陶人偶。"

她的心蓦地往下沉，周伟说："我本来拿着你的照片给对方看的，谁知道那个人起初答应得好好的，后来居然就变卦了。"

她的心沉到了最底端，无奈的感觉又缠绕而来。狮子座说："没关系的，这些已经很好了。"

周伟顺手就打开了网店，指着双鱼座的网店说："你看，就这家。"

她按捺不住，转过脸看去。

周伟看在心里，脸上的表情不自在了许多。他不知道哪里来的直觉，从默默关注她的购买行径后，他就开始猜测这其中的关系。

他们在樊城的时候，他的第六感忽然强烈地感觉到，这中间有着千丝万缕的关系。他故意发了她的照片，对方的态度加上现在狮子座的表情，不用问，他已然知道答案便是他最不想听到的。

双鱼座的网店现在已经全部交给楚月打理，在楚月的改动下，网店的风格也和以往有了很大的不同。楚月学着别人网店，加了一个店主的公告栏。

这个 8 月，公告栏里俏皮地写着：店主家大喜，全场 8 折包邮。

狮子座看着"大喜"两个字，原来双鱼座要和楚月结婚了呀。

她心里没有一丝愤怒和嫉妒，只是弥漫着一股说不清道不明的无助感。

她想，要不是自己折腾了那么久，怕是他们早就大喜了吧。鱼母曾经说过的一句话在狮子座耳畔响起：

"他和月月从小就很好，他们俩最合适了。"

这个生日，狮子座自评过得有惊无喜。

8 月的樊城，非常闷热，太平镇这地方更是燥热难挨。窝在画室里的双鱼座也因为这闷热的天气而异常烦躁，画稿被撕了好多次，搓成一团球，扔在了地上。

谭仲彦收到了通知书，这在他们家算是一件大事，本该高兴的，他却提不起精神，心里头总觉得像是缺了个角，每每在夜里就会突然醒来，然后感到揪心般的疼。

双鱼座看着日历，想着两个月前，那个人说要在今天和狮子座求婚。他不知道最后的结果怎么样，他心里想着，大抵应该是浪漫的吧。

双鱼座恨自己控制不住就要猜狮子座被求婚时的表情，他忘不掉狮子座笑意款款时那若隐若现的梨涡，他忘不掉她骄傲时的神采飞扬。屋外的夏蝉不知趣地使劲叫着，他抓下画稿，揉成一团，扔在了地上。

谭仲彦考上了市区的职校，总算是能继续上学了，全家人都松了口气。9 月，双鱼座和楚月一起送谭仲彦去学校，报名、缴费、安顿好宿舍后已是傍晚。

从职校出来的时候，楚月拉着双鱼座往江边上走。她说他们从没有在汉江边上走过，双鱼座点头称是。

楚月说："汉江现在成了樊城情侣聚集的地方了，你看这边都是

扑火的鱼

197

花船。"她往岸边走着，身体依靠在栏杆上。

她让双鱼座给他照相。双鱼座拿着手机，看着楚月摆弄了很久姿势，最终选择了剪刀手，楚月说茄子。

双鱼座看着屏幕上的楚月，同是以汉江为背景，主角却不一样。想来狮子座大概也是如此这般在汉江上留的影。

蓦地，双鱼座的心抽了一下。他忽然觉得镜头下的狮子座也许并不开心，她本来就是情绪外露的人，为什么在照片里却不如楚月笑得舒畅呢？

拍了照，楚月走到卖孔明灯的摊前，要了一盏孔明灯。双鱼座从前根本不信这东西能起到祈福的作用。不过孔明灯卖得很好，也许有个寄托也是好的。

楚月说："你去读书的时候，我就买过一盏孔明灯，那时候我就许愿，希望你能在我身边。现在果真如此，我要还愿。"

他们对视，她的眼里都是他。双鱼座淡淡地一笑，接过孔明灯说："那就把它放了吧。"他们一人拽着两个角，摊贩帮他们点燃了烛芯，温度渐渐上升，灯体也膨胀起来，待到极致的时候他们把手松开，孔明灯随之腾空升起，越飞越高。

楚月说："祝我们幸福吧。"

双鱼座心里默念，让狮子座幸福开心吧。

回去的时候，楚月伸出手冲着他笑，他并没有领悟这动作的内涵，只是报以她一个微笑，然后又大步地往前走。楚月心急地跑上来，拉住了他的手，双鱼座方才明白原来是要牵手。

他想他们在一起也有些时日了，他倒是真没有主动牵过她的手，自责过后他反手紧紧地握住了楚月的手，楚月的脸上浮现了红晕。

楚月轻轻地念着："执子之手，与之偕老。你愿意的吧？"

游泳的狮子，

她的眼神里充满了期待。想着她那时醉酒后吐露的心声，想着母亲时不时的暗示，双鱼座终于决定就这样接受楚月的爱。

四下无声的时候，双鱼座"嗯"了一下。

婚期并没有就这么定下来，双鱼座告诉楚月，自己的网店刚进入上升期，他还想着让生意再稳定一些，这样才能无所顾忌地准备婚事。

楚月脸上本来激动的神情消退了不少，尽管她内心仍旧有些害怕与不安，但是并没有当面反驳，这就是她和狮子座最大的不同。

她不给双鱼座压力，因为她太明白他的个性，双鱼座之所以能和自己心平气和地相处，也就是因为自己没有给他施加过压力。

除了那次醉酒后的歇斯底里，她抱着最后一搏的精神，本来已经置之死地了，没想到竟然成就了今天。想来想去，楚月觉得自己还是挺幸运的，要是狮子座也有这样的一天，自己大概就真的会成为最傻的人了。

这么一分析，楚月也就渐渐放心起来。

扑火的鱼

　　作为冬天和黄道带的最后一个星座，双鱼座的人有着一种独特的缄默方式。也是因为月亮落在双子座的关系（推测），所以双鱼座往往在感情上有一种若即若离的态度。特别是当左边出现了红颜知己，右边又出现真爱的时候，他往往会陷入一种焦灼状态。双鱼座知道楚月的感情，同时也感受到了狮子座的炽热，这两份不同的感情，让他在谈到感情问题时，往往会想要临阵脱逃。除非到了关键时刻，不然他无法作出决定。

　　而且，带着艺术气息的双鱼座，也比较喜欢幻想，总是自己给自己设定一个状态、一个故事，比如因为不自信，他会设想狮子座的表白是一种挑衅等。

　　爱表现的狮子座天生有着大小姐脾气，这一点已经在和双鱼座的沟通过程中展露无遗，不用多分析了。这种脾气对上本来就有点自卑心理的双鱼座，产生的效果就是后者本能排斥前者。同时不要忘记我们的狮子座的金星是在处女座上的，所以这注定是一个敏感的大小姐，一点风吹草动都会影响她。

第九章

冬　至

　　狮子座生日的那天，周伟本是要向狮子座求婚的，结果那个生日，在他给狮子座详细解释了人偶的来龙去脉之后，狮子座听着听着居然哭了。

　　狮子座忽然就泪流满面了，她甚至连啜泣声都没有发出来。周伟转头的一刹那，就瞧见她的脸上已经沾满了泪水。他顿时语塞，本来准备好的长长的一串求婚词，就这么硬生生地打落回了肚子。

　　从狮子座家中离开的时候，周伟觉得自己可能操之过急了。

　　到了 9 月，狮子座从黄笠那里听说了谭仲彦顺利考上职校的消息，那一天她心情特别好，第一次主动约周伟出来吃饭。

　　收到狮子座的邀约后，周伟立刻翘班忙碌起来。等他去接狮子座的时候，一切都准备就绪。

　　他们重新来到相亲时的那个会所，那里用清一色的白玫瑰装点出了浪漫的情调。狮子座看得瞠目结舌，感觉今天的约会气氛已经不是自己想的那样了。

狮子座本就只是想找个人说说话而已。在得知谭仲彦考上学校之后，她觉得所有能和双鱼座沾上边的人和事都已经离她远去，她需要不断地说话来排解自己内心的落寞。

只是她没想到，自己的邀约却成了促成周伟求婚的暗示。

当他推着蛋糕出现的时候，她就猜里面是不是会有戒指，边猜边配合地吃着蛋糕，果真就碰到了硬物，一枚钻戒。

狮子座看着周伟单膝跪地，听着周伟说："嫁给我好吗？"她心里平静似水，这样的浪漫气氛居然也不能牵扯出她一点点兴奋和激动的情绪。

但是她仍然听见自己从嘴边发出了一个声音："好。"

然后她的手指上多出一枚戒指，就着灯光闪射着光斑。

9月之后便是各种主题活动迭起的日子，整个马丁传播又进入了业务疯涨的疯狂期。在这期间，狮子座的老对手MAY辞职了，听说MAY即将嫁给本城小有成就的企业家，已经预先过起富太太的生活，马丁传播的各种案子从此和她一点儿干系都没有了。

于是，狮子座成为马丁唯一的得力干将，忙前忙后地介入每一个案子中，事无巨细，狮子座每个环节都要盯牢才能安心。

圣诞节过后，家里人开始催促狮子座赶快和周伟把婚期定下来。狮子座犹豫了很久，决定和周伟好好谈一次。

她选择了单刀直入的方式。

狮子座说："周伟，我现在并不想结婚。"

狮子座向周伟解释，最近的工作很多，她实在没有心思去考虑其他的事情，忙过了以后，她就会把状态调整过来的。她说了很多冠冕堂皇的理由，说着说着自己心里也开始确信是因为工作的关系，所以她才没准备现在结婚的。

游泳的狮子，

周伟倒也没有坚持，只是说没关系，现在不想以后可以想。

　　狮子座感激地看着周伟，心里莫名其妙地吁了一口气。周伟一直盯着狮子座，他有些害怕狮子座的状态，怕她这样精心地寻找理由，然后人就突然从自己的生活里消失了。

　　狮子座总让他有一些摸不透，然后他开始对自己不自信。

　　不自信的周伟正在找一个能让自己感到安全的方法，他对狮子座说："婚总归要结的，晚一点也没关系，可是风景却不等人，三月的云南最美了，我们在那个时候去拍婚纱照吧。"

　　狮子座被这个提议吓了一跳，她看着十分认真的周伟，想要拒绝却愣是想不到合适的理由，只好由他安排了。

　　在那之后，狮子座的办公室每天都收到一束花。起初狮子座倒也没觉得有什么不妥，时间一久，公司里就开始传出狮子座将要嫁人的消息。这就开始让狮子座感到无形的压力，持续到了国庆，狮子座终于向周伟咆哮起来。

　　周伟很平静地说："这才是你的真性情。压抑自己的感情并不会让自己和别人开心，你真的确定接受我了吗？"

　　狮子座被周伟问得慌张起来。

　　周伟说："你再好好想想吧。"

　　狮子座哪里有时间想，国庆长假一结束，各大商场关于圣诞节的活动方案就纷至沓来，把狮子座仅有的一点私人时间统统占用了。

　　这期间，鲜花再也没来过，周伟也只在下班时间充当狮子座的车夫。两个人保持着距离，让狮子座觉得轻松了不少。

　　元旦的时候，双方家长决定不管两个当事人的想法，先碰面把婚事定下来再说。饭桌上，狮子座和周伟都显得相当平静，既没有发表意见，也没有反对。

饭后，周伟载着狮子座逛了一圈，才送她回了家。狮子座进门前，周伟忽然紧紧地拥住了狮子座，他动情地说，不管她想好与否，他都不会放手。

微醺的狮子座扯出一抹笑容，说了声谢谢。

太平镇的元旦还保留着猜灯谜的习俗，早早的，楚月就拉着双鱼座去了夜市。双鱼座本来就不喜欢热闹，到了夜市见镇上的人全挤在一处，更是没有兴趣掺和在其中了。楚月大抵知道他的脾气，就让他留在边上，自己进去玩一会儿。

双鱼座一个人伫在夜市门口，恰好就和扶贫办主任打了个照面。节日里，大家的心情都很不错，主任说："这会儿家里没什么大困难了吧？要是还有困难，和办里说。"

双鱼座点头称谢。

正当主任要走的时候，双鱼座猛然想到一个事情，他把主任拉到了一边。

"不不，这个是秘密，不能说的。"

"叔，你就算是帮帮忙，我总不能连恩人是谁都不知道吧。"

主任摆摆手说："恩人不就是基金会嘛，反正现在家里好了就好了，其他的你可别为难你叔了。"

既然正面打听不到，双鱼座也就适时地不再吭声，只是陪在主任身后猜起了灯谜。主任被哄得格外高兴，拉着双鱼座要往边上的小摊喝上几口。

他好脾气地陪着，一杯杯灌着总是喜欢酒后乱说话的主任。兜兜转转，总算是撬开了对方的嘴。

主任就着酒气说："你小子真是好福气啊。人家点名要民间艺术传承项目、本科学历、无不良记录……"

那次捐助，基金会罗列了好多条，综合一下，整个太平镇除了双鱼座没有人适合这个计划。资金总共25万亡，用途是创业和改善家庭贫困现状，俨然就是为双鱼座家里量身定做的。至今，主任心里都觉得这事儿太神奇了。

主任调侃道："我估摸着是你小子是在杭州交了贵人了。"

双鱼座不解地看着主任："为什么是杭州？"

"哈哈，今天我喝多了吧，要说漏了什么你可当叔从来没说过啊。"

双鱼座拉住主任，有些急切地说："叔，我们家那事儿，到底是怎么回事？突然来的钱，您肯定知道，我们总不能白拿人家钱还不知道人家是谁吧。求您告诉我吧，不然我睡觉都睡不好啊。"

拗不过双鱼座，主任就又吐了几个字："女的，姓林。"女的，姓林，杭州。他想不到除了狮子座还会有谁。瞬间，视力变得模糊，他感觉天旋地转，心里有一个地方几乎就要撕裂。

见双鱼座没有吭声，主任的嗓门又高了一度："怎么，你小子还不信叔的话了，我那里还有当时留着的复本呢。走，叔带你去看。别到时候总有人说你叔嘴里不把门，乱讲话。"

酒劲已然上来的扶贫办主任，拉扯着呆若木鸡的双鱼座到了办公室，从那一叠蒙尘的档案里，抽出了基金会的复本。

她娟秀的笔迹刺进了他的心。

那天她喜滋滋地站在灯下，说她来了。后来她执拗地赖在他的家里。她掏出5000块钱，他冷眼相对。她彷徨失落的背影，即使他没有亲眼见到她离去时的模样，他依旧能勾画出那时无言的一幕。

就像此时，他的心一样。

那天晚上，他恍惚地回到家中，大醉。翌日醒来，他睁开眼，

205

看到楚月趴在床边。从未有过的心力交瘁瞬间涌来，他佯装未醒，只微微侧了身。到了中午，家里人都出去忙了，他才悄悄起来，又把自己关进了画室。

到了中旬，万人相亲大会的活动进入了宣传高潮期，因为去年广播宣传的成功经验，让这次在微电影的渲染下，更值得期待。

刚从武汉出差回来的狮子座，又马不停蹄地钻进了马丁的办公室。一摞广播剧的文案放在了狮子座面前，她已经很疲惫，况且又必须面对昔日重现这样的场景，她本能地想拒绝，却因为马丁的一句"你不想挑战自己"而萌生了斗志。

把文案抱回办公室的时候，她就开始后悔了，坐在沙发上开始发呆。狮子座一旦发呆，往往就会不受控制地想到双鱼座。

然后浑身就被抽走了灵气，整个人都处在茫然的状态里。下班的时候，迎接她的照旧是周伟的车子。她钻进车里，整个人就瘫了。

周伟说："你很累？"

想让狮子座放轻松一些，周伟好意打开了电台广播。一曲刚刚播送完毕，女主播的声音响起："情人节又要来了，还记得去年吗？我们和您分享了那么多故事……"

声音瞬间切到了一个男音上，狮子座被这声音惊得坐直了身体，双鱼座熟悉而陌生的声音隔着时空传来。

恍若隔世。

按住心里不断涌现的思念，她有些哽咽地说："换一个台吧。"

下车以后，狮子座心乱如麻。第二天她早早到了公司，把办公室翻了一遍，终于在杂物箱里找到了当初就要扔掉的那个U盘。

狮子座知道，她的瘾又犯了。

这一次她给自己找了一个理由，她需要从过往的资料里寻找灵感，所以她决定再听一遍。万人相亲活动的规模比往年又扩大了几个省份，因为汉江，樊城也列在了活动城市之中。太平镇还有播电台节目的习惯，所以到了晚上也会插播这个活动的广告。

楚月第一次听的时候，就分辨出了双鱼座的声音。她激动不已，第二天搬来收音机拿到双鱼座的家里，时间一到就把它打开。

一家人围着收音机，听到双鱼座正念着故事。

"呀，果然是儿子的声音。"双鱼座妈妈显然是第一个激动的人，拽着老伴，竟然有些热泪盈眶。

屋子里的气氛很好，双鱼座也在一边赔着笑。待大家七嘴八舌讨论结束，回屋休息后，他终于卸下伪装，一个人在黑夜里开始回忆。

那是他念的第一个故事，青梅竹马的故事。之前，他让狮子座自己写一个，狮子座说自己没有故事的时候，他心里居然窃喜了好一阵子。

录完这个故事后，狮子座旁敲侧击，想问他这个故事是不是他自己的，他说不是，答案让对方很满意。双鱼座想，是不是从这时候起，他们两个就已经越过了上下级的关系？

他很清楚地记得，最后一个故事念完，他们约在一起吃饭，一路上摊贩频频向他们兜售玫瑰。他说服自己不过是想免受打扰，所以买了一支玫瑰送给她。

一连好几天，狮子座办公室的花瓶里都插着这支玫瑰。

他看了心里其实是开心的。

再之后，她向他告白，他心跳不止，仓皇而逃。回到家中彻夜未眠，翻来覆去想着狮子座的话，有些冲动地想拨给她，但是理智又把他拉回现实。

他看清了两个人的距离。狮子座那么优秀，有一个富足的家庭。而他呢？背着一身债务，又在她手下做事，真在一起了，他的自尊心能接受吗？

双鱼座想，这和自尊其实没有关系。他想了很多理由，最终相信狮子座是一时兴起。

被蒙蔽的心智总有剥开云雾的那天，只是时间恰好不对。

2月13日，所有的故事都播完了，顶替双鱼座做这个工作的下属总算得到了解放。他好歹也是播音系出身，却被狮子座百般挑刺，几欲发作又念及上司的强势态度，只好皱着眉一次次地返工。

现在他连招呼都不准备和狮子座打一个，就逃离了办公室。他还想着给女朋友准备第二天的节目呢。

因为一天都在电台里，结束了工作，狮子座准备回办公室收拾下，继续准备明天的正式活动。到了公司，自己办公室的门边竟然放着一朵玫瑰花。

卡片上没有任何文字，她却本能地猜到了送的人。狮子座颤抖着拨出双鱼座的号码，响了几声以后，楚月的声音从电话里传来。

就算手机里显示来电是狮子座，楚月仍然当做不知道，她一接起来就说："您好，哪位？"

狮子座把电话挂了，她懊恼自己干吗要打电话打扰别人的生活。他已经有楚月了，她不能在这样敏感的时间给他电话了。

狮子座俯身把花拾起，悲凉的啜泣声在办公室里回荡。

情人节那天，她从下午开始就在活动现场忙碌，同时一起开始的还有其他城市的活动。这次主办方下了大血本，居然搞了六地互动，主会场摆在了狮子座的活动现场。

马丁传播倾巢出动。

游泳的狮子，

208

上一届的活动片段轮番在大屏幕上播放，汉江边上的广场立起了巨大的电子屏，楚月不悦地瞪着屏幕上的双鱼座。

即便是演戏，灿烂烟花下相拥的那一幕谁都忘不了。那时的双鱼座饱含着深情，狮子座差点以为那就是真实的生活。

现在，戴着鸭舌帽坐在台下监控全场的狮子座透过大屏幕看着当时的他们。一年里，这个画面无数次在脑海中浮现，每一次都会把她原本平静的心又搅得泛起波澜。

摄影机的摇臂一扫，把狮子座的身影连带着周边的观众一齐投在了屏幕上，不过半秒钟便又切回了现场。

惊鸿一瞥的半秒，双鱼座没有错过。即便是戴着帽子，人群之中她的光芒却是盖不住的。他们互相选择性遗忘对方已经大半年了，透过电子屏幕，这个半年间只在他的梦里出现过的狮子座又重新真切起来，不再只是一个淡淡的轮廓或是一抹笑容。

无论是双鱼座还是狮子座，对这个活动都太过熟悉，情侣相拥的瞬间烟花就会在夜空绽放。

在不同的时空里，五色斑斓的烟花盛开，他们的身边都站着另一个人。活动还没有结束，楚月就闷闷不乐地拉着双鱼座往回走："回家的车就要开了。"

双鱼座有些不舍，但最终还是跟着楚月坐上了回去的车。车上，楚月靠在他的肩膀上，她说："我们什么时候结婚？"

双鱼座微微颤动了一下身体。

在之后的日子里，家人给双鱼座施加了很多压力，关于结婚的事情屡屡被母亲提及。最后，在母亲强硬的态度下，他去市区挑了一对订婚戒指。

订婚的过程很简单，两家人坐在一起吃了一顿饭。饭后，他和楚月各自戴上了戒指，楚月不停地举起手看着戒指问双鱼座："好看吗？"

双鱼座说好看。

她壮了壮胆，凑到他面前亲了他。双鱼座身体立刻僵住，有些不适地别过脸看着窗外。楚月轻轻叹了口气。

马丁从狮父处得知狮子座订婚的消息，兴奋的他也八卦了一把，于是她每天都收到各种祝福。

好似天生就是对手，MAY 的红色炸弹在这时候降临了，请柬是 MAY 亲手送到狮子座手中的。

"到时候一定要来哦。"MAY 挑衅地转动着手指上的戒指，那钻石格外刺眼，"妹妹啊，不是我说，嫁人呢，就一定要找个门当户对的。"

她俯下身，凑在狮子座耳边说："小城市的穷小子还是早早忘了吧。"

她的心被撞得支离破碎，满眼怒气地看着 MAY 风姿绰约地走了。

MAY 的婚礼很豪华，唯一让狮子座不解的是，马丁传播只有自己一个人出席。婚礼正式开始的时候，她方才知道，MAY 的丈夫竟然是涵天国际的老板。

那次 3C 业务告破之后，3C 公司便和涵天国际成为战略合作伙伴。涵天国际从公关业涉足广告业，成为杭州最大的广告公司之一，风头直逼马丁传播。

敬酒的当口，一双白皙的手出现在她的眼前。她抬眼看到一个貌美如花的新娘，亲昵地牵着一个女友，冲她举起了酒杯。

"你好，卓久怡。时常听 MAY 提起你，说你年轻有为呢。"陌生女子递上酒杯，"今天见了,除了年轻有为,也是一个大美女哦。"

狮子座不知道 MAY 是怎么和涵天国际的老板牵扯上的，到底当初是谁泄漏了客户的名单?

隐约中，她心里的答案开始渐渐浮现。她心里浮起一层委屈，草草地干了杯就离开了。外面的空气让她舒缓了不少。

扑火的鱼

　　到现在为止，我对双鱼座的上升星座依旧判断为是在狮子座上，他有很强的自尊心，也有很强势的、固执己见的一面。而且，我深深地感受到了双鱼座的那种追求自由和浪漫的性格。所以他一开始就不太希望自己的另一半是狮子座这样过于强势的女生，因为这样反而让他却步。

　　而他又发自内心地欣赏狮子座的这份强势。

　　但狮子座显然不是那种可以给双鱼座充分自由的人。因为上升星座是摩羯座的关系，她内心的确是会喜欢在很多事情上给别人过多的批判，这体现在感情上就是她总是预设好自己的答案，然后对别人追根问底，因此导致了很多矛盾。

　　这是一开始我就感受到了的。只是到了现在，狮子座已经因为这份感情而遍体鳞伤的时候，她早就不是那头充满火焰的狮子座了，而是掉入水中、湿漉漉起身的颓废狮子座。她需要很长一段时间的自我治疗。并且也因为好胜心，她会不再愿意旧事重提，她可能会就此回避双鱼座，从而忘记自己糟糕的失败经历。

　　3月11日，双鱼座坐在前往盈江的大巴上。这辆载满人的车子里，时不时传来阵阵的哽咽声。

　　窗外，乌云密布。阴沉的天气恰如这满车的阴霾，气压低到不行，他把头缩在衣领里，默然流下的泪水顷刻就沾湿了一大片。

　　手机上不断刷新着微博，但一直停在了这零零星星的几条上。

　　"婚期定好了，只是心里仍会有些茫然，大抵是接受不了即将到来的角色转换吧。我想去旅行——"（发自新浪微博3月1日15：32）

　　"老妈最近很欢腾，逢人都会把话匣子引到我要结婚了，现在一回家就收获小区阿姨们的祝词：小林终于嫁出去了。好吧，我终于，终于，终于告别单身了。这样也好，总算却了大家的心愿。呵呵。"（发自新浪微博3月6日08：05）

　　双鱼座反复翻阅着一个叫林家狮子的微博，他一遍遍看着，回溯狮子座发的那些微博，有些是调侃的段子，让他边流着泪，边会心地笑着。

"好啦。都搞定了，等下就飞云南了，有要买璞玉的@我哈，姐姐给你们去缅甸搬大石头！"（发自新浪微博3月7日08：38）

"杭州拜拜了，我去找我自己了，希望回来的时候，一切都能重新开始。"（发自新浪微博3月8日08：11）

"云南果然是个疗伤的地方啊，从丽江出来，反复听着《可惜不是你》，到最后居然也没有了泪。回来的时候，假如真的都忘记了，我一定要好好犒劳自己。"（发自新浪微博3月9日00：00）

"我在这个陌生地方，寻找新的自己。可是为什么他总是会在我努力过后，又出现在我脑子里？如果我一辈子都忘不了，是不是我一辈子都不能拥有新的自我了？"（发自新浪微博3月9日12：05）

他的手停止了动作，屏幕上沾满了水渍。他听到后排传来一阵悲天抢地的哭泣声。车子渐渐停了下来。前方限行，车厢里的人顿时焦躁起来。

"婶，你不要哭了，还不确定是不是哥哥呢，也许哥哥好好的呢。你要是这会儿出点事情，伯伯该怎么过啊。"

死亡人数已经升至20，大巴里有人刚听说齐齐哈尔的一个旅行社有陈姓男子下落不明。亦有人说一个从杭州出发的旅行社，全体都失踪了。

漫天的小道消息让很多人都变得不安起来，来自四面八方的车辆都涌向了盈江，他们堵在唯一的盘山公路上，前面是人，后面亦是人。

"我在盈江了，这里是不是很原汁原味啊，据说出了县城就能跨境去缅甸了。这会儿，领队带我吃午饭，等下就摸石头了。"（发自新浪微博3月10日12：00）

地震前，她还在逗趣地发着微博，上传了一张校舍门前的照片。之后，她的微博就再无更新。

双鱼座不断地按着刷新键，希望屏幕上能突然跳出一条新的消息，好让他悬着的心稍稍放在某一个平稳的角落。

然而，这本就是一场徒劳。地震后，盈江的信号迟迟没有修复，狮子座的微博则一直停留在3月10日的12点，地震发生前的一个小时。

他好想他们的生活也永远停留在地震发生前的那一个小时。他在看到她那天想要和过去告别重新开始的微博后，他应该留言，感谢她为他们彼此安静的生活所做的努力。

只是，那个地震前逗趣地发着微博的狮子座，现在却无法通过任何通信工具联络到。不安萦绕在他的身边，恐惧将他紧紧缠绕。

死亡人数不断地上升，关于灾难发生当时惨状的描述不绝于耳，据新闻报道，失踪人数中，生还率几乎不到10%。

他浑浑噩噩地拨打着已经无法接通的号码，浑身的汗毛都竖起，在有些闷热的车厢里，双鱼座的额头尽是一片冷汗。

那时，她在他家，他看见她总是有些嫌烦。现在他真想抽自己几巴掌，他怎么会嫌她烦，他明明是嫌弃自己每次见到狮子座时变得心跳异常。

他紧紧地握着手机，屏幕停留在了3月10日的12：00，她最后发的微博上。他看到自己泛白的指节，还有齿间因颤抖而发出的咯咯声。他真的害怕了，害怕她的微博永远停止更新，害怕这个心里熟记的号码将永远无法拨通。

那样的话，他真不知道该如何是好了。

初春的云南，景色自是不俗。拍照之余，狮子座想要留下更多的时间四处走走看看。到了3月8日，拍摄完工，她在丽江停留了一天，第二日便要往缅甸走。

婚前的女人总有些奇奇怪怪的点子，狮子座说她准备独自远行，去找一次自我。她挑了一家旅行式的私人摄影团队，采用跟拍的方式，全程拍下告别单身前的自由状态。

对于这个决定，周伟本想干涉。但想着有些东西拽着太紧反而会失去，尤其是狮子座目前的状态，他不想把她逼急了。只是云南这个地点，实在离杭州太远，他有些担心，嘱咐她每天都要通一个电话，以报平安。

途经盈江的时候，同行的摄影师说可以去中缅边境上看看翡翠。他们便在盈江住了下来。10日那天，本要动身去缅甸。

3月10日12点，她发了微博，在空旷的校舍前，她灿烂地张开双臂的那张照片抓拍的角度特别好，她还笑着说要放大尺寸做玄关上的图。

那灿烂到令人流泪的笑，搭配着那个浅浅的酒窝，扎进了双鱼座的眼里。身处樊城的他不断地刷新着页面，像是上了瘾。从知道她的微博后，他一直默默地关注和跟进她的生活。

电脑屏幕前，盈江地震的消息不停跳出来。起初他还没在意，本能地刷新着微博，想看看狮子座又发了什么，但是无论他如何点击，愣是没有一篇微博再出现过。

恍惚间，他听到自己的心沉重地被撞击开的声音，四周寂静得令人害怕。"地震"两个字在他心里不断放大，最后他发疯似的往屋外跑。他以为是网络出了问题，或者是别的什么原因，总不会是那个答案。

那是下午的2点，封闭的网吧里空气很浑浊。他不断地按着刷新键，依旧翻不出任何一条新的微博。

他连父母都没告知，就往武汉走，从武汉登机去了丽江，辗转搭上了这辆寻亲的大巴。他没有任何线索，唯有反复地翻阅着微博，期望利用这仅有的一张图片，找到她最后出没的地点。

车子终于到了县城，人们慌乱地下了车，便四散去寻找亲人。他不知道往哪里走，唯有手机里的一张照片，逢人便问这是在哪里拍的。

"没啥特点啊，看着像个学校。你不知道，这县城的学校都这个样子，红砖头一堆的，你得一个个找了呢。"在盈江，他遇到了杭州来的志愿者领队。得知双鱼座是在找杭州的失踪者，这几天领队都在帮着一起打听消息。

领队说，临时帐篷里有几个被救出来的小学生，可以去那边问问情况。

他点点头，等过去的时候，几个孩子一看照片就开始哽咽地啜泣起来，连话都说不全。

"一下子，他们都在石头下面了……"

"后山本来好好的，突然就跟发狂似的，山上的石头都往我们这里砸，那么大……"

10日中午12点50分，狮子座的车子驶出盈江县城没几步，地震就来了。瞬间的天旋地转，让所有人都惊慌失措。他们的车子倾倒在路中央，有人使劲把她从车厢里拽了出来，然后她眼睁睁看着房屋倾倒下来，石块从山上滚落，不偏不倚就在她脚下停下。

几秒钟后，一切归于平静。狮子座从来没有经历过地震，站在四处都是裂缝的地上，一时之间不知道该何去何从。

有人说回宾馆。

217

人群都在奔跑，她也不例外。

10分钟后，余震接连传来，地表开裂时声音振聋发聩，不少尚在骑车的行人就这么被震倒在地，趴在地上再没有起来。

他们住着的宾馆边上不远的地方就是学校，那里有空旷的操场，一同逃难的人说得往空处去。

但是，狮子座他们逃离的方向显然不对，县城多房屋，顷刻间好些房屋就轰然倒下，到处是呼天抢地的哭喊声。逃至学校，这里的情况更糟糕，因为基建明显不达标，学校成了一片废墟。孩子的号啕声从地底传来，撕心裂肺地扯着狮子座本来就慌乱的心。

她在废墟里看到一双小手，冲上去就拼命地挖着。许是怕余震再来，逃生的众人死死地拽着狮子座，他们朝着狮子座大叫："你别乱跑！"已经有人把狮子座往空的地方推。

刹那间，又一次震感传来，后山的乱石顷刻向他们倒来。

"你们有再见过这个阿姨吗？"

"没有，我们被他们推了出来，他们说要救人。然后地突然又裂开了，他们就在里面，然后我们就被人抱走了。"

两个学生，一边说着一边就又开始哭闹着要找自己的伙伴。怕他们情绪太过激动，领队拉扯着双鱼座就往帐篷外走，递给他一支烟。

"明天去医院那边看看，如果是真的，总要见最后一眼吧。"

双鱼座没有吭声，点燃了人生中的第一支烟。

第二天，他在领队的带领下去了临时医院，这里到处是凄惨的哀号声。他听得心慌意乱，站在白布前双手颤抖着，终于还是掀起来了。

很久他都不敢睁开眼，他不信狮子座会这么离开。她不是才开始准备婚礼吗？她的幸福生活不是才刚刚开始吗？他慌乱地睁开眼，一切又开始变得悬而未决。

"要不要留下来，这边缺人手，边留边等消息。"他没有多想便接受了领队的提议。志愿者的工作一点儿也不轻松，早上他们要去给灾民派发食物，然后去大本营盘点人数，到了晚间还要留出人手来安排第二天转移的车辆。

一波波的伤员从临时帐篷转送到昆明或者丽江。

他随着大部队拔营去了第二安置点。有人说，有一大批灾民已经转到了第二安置点。

夜晚的时候，避难所里响起了歌声，大抵是为了安抚那些受伤的心。他却是越听越焦躁，索性出去透透气。这里的夜空星星特别多，他忽然想起那次电台节目结束的那个夜晚，他和狮子座吃完夜宵，那天她心情特别好，拉着他走了好多路，最后她无比失望地说："这里总是看不到太多星星。"

他轻轻地叹了一口气，心想这里的星星那么多，而看的人只有他一个了。双鱼座转身往帐篷里走，却见到另一边也有一个身影正要出来。

就那么一瞬间，他们的动作都静止了，相互凝望了许久。他呆呆地看着她，身形真是消瘦了很多，头发已经剪短，原本神采飞扬的眼神也似乎暗淡了些许，周身只透着一股子安静的气质。

狮子座也看着他，心里凌乱如麻。她就要在这里找到自我就要忘记了他，却遇到了地震，生死那一刻，她脑子里独独印着他的脸。

她看着他的脚步慢慢地向自己移动，而自己的脚却不知道该迈出哪一只。她现在浑身都像是蒙了一层土，头发也是好久没打理，这般落寞的时候却又遇见了他。

双鱼座已经走到狮子座的面前。他们都各自忐忑着不知道该说什么。他内心异常激动，看着她完好地站在他的面前，一切又仿佛回到了明媚的春天，一如她微博里的那些个灿烂的照片，暖暖地洒进他的心里。

也许，他应该紧紧将她拥住，因为此刻的她显得如此娇小，他忍不住想抱紧她，带她离开这个糟糕的地方。

他听见她微微的啜泣声，泛红的眼眶里早已经噙着泪水。他想他真该抱她、吻她，然后说，我爱你。

一瞬间的工夫，像是心有灵犀，他们各自低头警觉到那刺眼的光芒。

她手上的订婚戒指，折射出的光猝不及防地扎进了他们各自的心里，内心刚点燃的火，也生生被浇灭了。

他双唇翕动着，呢喃道："你好吗？"这压抑着的三个字听着格外苦涩。她说，我很好。

翌日，双鱼座早早地起来，志愿者们都聚在一起，他一眼就能看到她的身影，她抬眼就能看到他追逐着的目光。

他从不流露出这样的眼神，尤其是对她。她看着有些陌生，又怕好不容易平复的心再起涟漪。盈江的通信信号又修好了，她的电话终于可以拨通了。

狮母在电话那头又哭又笑："谢天谢地，让周伟来接你。"她挂了电话，眼眶里噙着眼泪，隔着马路又看到了他。

在这里的几天，因为双鱼座在来源地上填了杭州，于是和狮子座分在了一组。他负责干体力活，她在后面打后勤。两人见面总不太说话，只是笑笑，权当打招呼。

队里的志愿者都笑他们是害羞的男女青年。

他未置可否，好几次看到狮子座呆坐在户外的空地上，他都在后面默默地注视着，直到狮子座感觉到背后炽热的目光，转过了头。他几次想上前说几句，看着她慌乱闪躲的样子，生生把话语吞进了肚子里。

　　其实在他的内心里，也在寻找着句子。

　　也许是"我爱你"，也许是"你好"。他不知道从什么地方开始说，怎么说。

　　好像从一开始，他遇见她，他就有些不知该说什么。

　　他不知道这种情绪是什么时候蔓延开来的。他一见到她就开始慌张。一开始，他以为是她女强人的气场威慑住了自己，可是仔细想想，他哪一任领导不是女的，哪一个不是有着强势的脾气，为什么单单面对她时，他就丧失语言能力了呢？

　　云南的天空格外清澈，即使这里刚遭受过重创，夜晚仍宁静得不容人发出任何声音去破坏它。

　　他在帐篷里待不住，一个人走了出来，来到狮子座平时喜欢待的空地，躺了下来。星空璀璨得让他不得不闭上眼。

　　这一闭，脑海里竟浮过了他第一次见到她时的样子。

　　那次他推门进去，眼见着狮子座半蹲在自己办公室里啜泣，这般无助，让他心软。他不知道该怎么安慰，只知道面前的这个人将会是自己的上司。撞见上司的窘态，他想他可能会过得不太如意。

　　后来他们开会。她几乎是变了一个人，没有泪痕的她妆容姣好，她神采飞扬地在会议室宣讲最新的策划案，雷厉风行地实施每一个细节。彼时的狮子座，自信的模样让他钦佩。从进入这个大城市开始，他总是小心翼翼，就缺少那么一份自信。

　　后来，她向他表白，他当然是仓皇而逃。她是整个公司最夺目的人，怎么会向他表白？他接受不了，当然也因为她一贯的命令句式，让他不自禁又自卑起来。

再后来呢，她频繁地刁难他，起初的诡计得逞，她在角落里窃喜。眉梢间流露的神采让他觉得可爱，当然也没有太多计较……

只是后来，为什么会变得那么糟糕？她就算是太刁钻，也不至于捉弄他，直至逼他离开。但他没办法细想，当时的情况他只能这么归因。

越是回忆，双鱼座的心就越是剧烈地跳动，那原本美好的开始，最后变成后悔的遗憾。他后悔出言伤了她，他后悔对她的爱无动于衷，他后悔自己该死的自尊……

"你怎么还不休息？"这是几天以来，狮子座第一次主动和双鱼座说话。她站在他的身边，低着头看着闭目的双鱼座。她几乎想蹲下来，偷偷亲吻他睫毛上的点滴泪光。

双鱼座睁眼，对着狮子座几日里愈加消瘦的脸。他站了起来，伸出手把她紧紧握住。她怯生生地想要退缩，手指上的钻石磕得双鱼座有些疼，他尴尬地放开，喃喃道："对不起。"

她摇摇头，转身走向了自己的帐篷。

第二天，他们一起去清点伤员人数，回到大本营的时候听见有人雀跃着喊她的名字。他们都停下了脚步回头，周伟便立刻奔跑着把她紧紧地拥住。

她被这突然的拥抱惊到，有些不好意思地想要推拒，却被周伟抱得更紧。"我终于找到你了，真是担心死我们了。"

她微微张口，说："对不起。"眼神恰对上了双鱼座。她看着他落寞地转身，许久悬着的心，最后还是彻底放了下去。

从 10 号开始便无法和狮子座取得联系的周伟，几日来寝食难安。但见狮母精神几近崩溃，周伟一边陪着狮母，极力安抚狮母，一边运用各种关系，找寻狮子座的下落。后来，他和杭州的红十字会联系上了，并且知道了狮子座安然无恙的消息。狮母情绪稍微稳定了些后，周伟便坐上飞机来到昆明。因为无法进入盈江，他只能在昆明等待可以进入的时机。等着交通方便后，他和红十字会的一波救援人员一起到了大本营，这才和狮子座碰上了。

兴奋之余的周伟，还是瞥见了角落里那个有些眼熟的身影。他仔细在脑海里回想，终于想起了对方的身份，惊慌之余，他加大了拥抱狮子座的力道。

其实再过两天，他们就能和大部分灾民一起撤出盈江。周伟执意要留下来，和狮子座成对出没。眼尖的人们早就注意到他们手上几乎相同的戒指，本来低沉的气氛因为新人的喜事，而沾染了点喜气，大本营的气氛也变得轻松了不少。

临行前的那天中午，阳光格外明媚。他们收拾好了行李，陆续排着队准备上大巴。狮子座问周伟："你身边有空白的请柬吗？"

他倒是真带了几张，因为本来就在筹备婚礼，亲自送喜帖，包的夹层里有几张备用的，来时也未收拾。"这有一张空白的，就是皱了些。你要干吗？"周伟不明白这个节骨眼狮子座怎么还会想到请柬。

"没事儿，能用。"她接过请柬，把皱起的角慢慢地抚平，然后拿出笔在上面填写起来。

她的字不算难看，却因手有些颤抖，写得歪歪扭扭的。等写完的时候，她控制不住，猛地抬了下头，好让眼眶里的泪不要不争气地流下来。

平静了好一会儿，她径自拉着周伟走到双鱼座的面前，她直直地递给他，却不知道该说什么。

还是周伟适时地拿过请柬，递给双鱼座："这是我们的喜帖，希望你能来参加，大家都是志愿者，很有缘分。"

　　周伟在一边化解着尴尬的气氛，她一边点着头，一边把喜帖塞到双鱼座的手里，不敢揣测他的表情，也不敢多看一眼，低着头欠了一下身，便又拽着周伟往车上走。

　　接过喜帖的双鱼座苦涩地笑着。他们不过都是志愿者而已？他应该感激周伟把他和狮子座的关系化解得那么生疏，尽管有些残忍，但总归点醒了他。

　　她身边早就有一个适合她的人了。

　　劫后重逢，周伟认定了狮子座就是他命中注定要携手一生的人，他当着众人的面亲吻了狮子座的额头。

　　狮子座还是有些不习惯，周伟笑着认为她在害羞。

　　黄笠知道了狮子座回来的消息后，也立刻过来看她。

　　他说："你真是命大啊。你不知道，你可把双鱼座吓得，连夜就从家里奔去武汉了。"他发出啧啧的声音，看到狮子座一声不响地听着，顿时发现自己失言了。

　　"对不起啊，那个，我……"

　　狮子座把请柬递给了黄笠。

　　黄笠看着请柬上的人名，想着自己刚才的话，顿时感到有些遗憾。他本以为这一次他们两个之间可能还会有重新开始的可能。他还以为他们遇见了，然后在一起了。原来很多时候，相爱和在一起根本就是两码事。

　　巧合的是，回家之后没多久，黄笠也收到了双鱼座的请柬。

　　他们双双选择了在 5 月举办婚礼。黄笠将两份请柬摊在一起，看着两个人相差两天的婚期。前后两天的差异，难道不是在说这两个人彼此错过的人生么？他这个局外人内心里浮现了一丝遗憾。

双鱼座和楚月的婚礼，最忙的是楚月和鱼母。楚月虽有些不满，但看着准新郎从盈江回来后愈加沉闷的性子，也不敢多说。双鱼座整日把自己窝在画室里摆弄人偶，网络上正兴起一股创意风，双鱼座的人偶店被推成了网站明星店铺，生意蒸蒸日上。

他白天制作客人的订单，晚上埋首自己的创作，往往一弄就是一个通宵。楚月有些心疼，就想着晚上给他送点宵夜。

她推门进去的时候，双鱼座还在埋首捏着陶土，她蹑手蹑脚地凑近看人偶的脸部，当下心里就又拉扯出了一道口子。

双鱼座浑然不知，正拿着画笔给人偶上色。忽然听见楚月在身后颇为无奈地说："你还忘不了她？"

他听见楚月的声音，身体一僵，缓缓转过头说："最后一次了。"

楚月问："真的吗？"

双鱼座说："是的，了却一个心愿，弥补一个遗憾。"

她听完，紧紧地拥住了他，生怕一不留神他就从她身边走开了。她用几近卑微的声音对他说："那天你离开后，我给黄哥打了电话，我知道你去找她了。我当时想，可能这辈子我都不会有抱你的机会了。所以我很后悔你在我身边的时候，没有勇气抱你。现在让我抱一会儿，你下次再走的时候，我也不会遗憾了。"

她知道，双鱼座是善良的。他艺术化的人格里，最受不了这样卑微的乞求。她如愿地得到了他的反馈，双鱼座轻轻地拥住楚月。

"你放心，我会忘了的。"

这之后，他开始试着介入到婚礼的筹备里，这样的改变让鱼母很高兴。

5月16日，黄历上的一个大吉日。这一天，楚月穿着红色的秀禾服端坐在屋子里，双鱼座在亲朋好友的嬉闹中，终于破门而入，背着楚月钻进了大花轿。唢呐声响起，噼里啪啦的鞭炮声也随之响起，太平镇清晨的安静被这样喜庆的声音打破了。

司仪一句"礼成"，终于结束了这繁杂的中式礼仪。双鱼座扶起楚月，悄悄地擦拭她眼角的泪珠。他听见她用细弱的声音问："今天开始一切如新了，是吗？"

他用力点头。

5月18日，狮子座的婚礼在五星级酒店里举行，前后的策划全是周伟一个人打造的。在开始前的两个小时，她才拿到婚礼的流程。

她的伴娘们取笑她是世上最轻松的新娘。她笑着，一边的狮母乐不可支地夸奖周伟会疼人。

这般热闹幸福的场景，狮子座总觉得是在看别人的电影，而自己不过是一个观众，她一点儿感觉都没有。

反倒在想，樊城的婚礼会是什么样子？

她在网上翻看过，那个地方还是传统的民风，新娘进门必须着大红嫁衣，迎娶新娘的不是杭州的轿跑，而是传统的大花轿。当时，她看着这样的风俗，不禁笑着幻想，那一定充满着浓浓的中国味。她其实很喜欢这样的感觉。

这边，自己的婚礼正放着西式的婚礼进行曲。她身上的嫁衣是周伟特地找台湾的设计师给自己量身打造的镶着水钻的大拖尾。人人都觉得美不可言，她却觉得镜子里的自己陌生得很。

她紧张地坐在后台，黄笠带来的礼物正安静地躺在化妆台上。她手指上都是镶着珍珠的指甲片，虽然好看，却让她不能干任何事情。

外面，客人们都随着音乐心情激越起来。新娘子还没来，大家都在翘首期盼。周伟急切地走进来，看着呆坐着的狮子座。

"你怎么了？"他看着表，幸福的时间是 18：18，他们还有 1 分钟。他低下头，在她脸颊轻微触碰。

冰凉。

他有些害怕，视线落到了梳妆台，其他的那些贺礼早就被拆了，独独这个礼物盒原封不动，分外扎眼。他走过去，替她拆了开来。

喜怒哀乐，四个烧陶人偶，悉数都是她的脸。

不用想，他们各自都知道这东西是谁送的。她差点要失声痛哭起来，周伟拾起了一个人偶，佯装没事儿似的说："挺好看的。"

"幸福的时刻就要来了，让我们一起迎接今天最幸福的新人。"司仪亢奋的声音传到了后台，周伟把狮子座抱起，一直走到了红毯上。

这并不是原本该有的桥段，这样的出场惊到了司仪，当然也震慑到了在座的嘉宾。周伟把狮子座的头纱轻轻放下，原本应该挽在发后的头纱就这么遮在了脸前，恰好盖住了她泪光点点的面孔。

礼乐声响起的时候，他把她放下，吻落在她的额头，他说："我会给你新的生活，这才是你最需要的。"

她感激他的贴心，小心翼翼地配合着，把脸贴在了他的胸口。她听到他的心跳，忽然觉得这一切本该如此，她本该在这样的人怀里重新开始自己的生活。

227

I chose to

let

you go

尾 声

这就是我要讲的关于狮子座和双鱼座的故事，一个脾气火爆的女上司，一个性格似水的男下属，其实一开始我就猜到了结局。

双鱼座是黄道宫上的最后一个星座，其主宰星是海王星，这是一个非常重视心灵感觉和感性的星座。性格内向不善表达的双鱼座，有一种令人难以抗拒的神秘感和独特魅力。我想这也是狮子座被他吸引的原因。狮子座本身是一个征服欲很强的星座，加上她的太阳星座和月亮星座都落在狮子座上，这种特性就会加重。

一个是急脾气，一个是慢性子。一个是火，一个是水。这种矛盾让他们的纷争不断，却都没有来得及沉下来思考双方对话的模式。

在现实问题上，双鱼座的那种艺术气质会加剧他在选择时的犹豫不决和矛盾重重。当然了，家庭环境也会让双鱼座的敏感放大到缺乏自信上。

这一点恰又与狮子座截然相反。狮子座的果敢加上优越的条件，便会导致她散发出居高临下的感觉，会给人一种逼迫感，而这种逼迫感恰是重视内心自由的双鱼座最反感的地方。

当他们各自冷静下来直面内心感情，想要学会爱人的时候，我看到的是试图游向水中的狮子，和尝试扑火的双鱼。

可是我想说，这样的改变来得太晚，而且有些徒劳。

因为有时候你不得不相信，星座注定了一些性格，性格又决定了行为，个性鲜明如水火难容的两个星座，怎么可能平静相处呢？

这是一头游泳的狮子和一条扑火的鱼，他们各自都在做一件超乎能力范围的事情。这件事情最后的答案是，他们相互耗尽精力，每个人都找到了自我平静的方式，那就是把对方埋在心里，把曾经因为爱而生的火花熄灭，掩埋在绵长的岁月里。

扑火的鱼

图书在版编目（CIP）数据

游泳的狮子，扑火的鱼 / 星灵团·狮子头著. — 杭州：浙江大学出版社，2013.1
ISBN 978-7-308-10847-8

Ⅰ. ①游… Ⅱ. ①星… Ⅲ. ①长篇小说—中国—当代 Ⅳ. ①I247.5

中国版本图书馆CIP数据核字(2012)第286687号

游泳的狮子，扑火的鱼

星灵团·狮子头　著

策　　划	蓝狮子财经出版中心
责任编辑	徐　婵
出版发行	浙江大学出版社
	（杭州市天目山路148号　　邮政编码　310007）
	（网址：http://www.zjupress.com）
排　　版	杭州林智广告有限公司
印　　刷	临安市曙光印务有限公司
开　　本	880mm×1230mm　1/32
印　　张	7.375
字　　数	172千
版 印 次	2013年1月第1版　2013年1月第1次印刷
书　　号	ISBN 978-7-308-10847-8
定　　价	28.00 元
